YOUNG AGE小說鮮視界！

YA!

青春滿點！活力滿載！好看滿分！

都市冒險王 ②

爆走！電玩聖殿

勇嶺薰◎著
西炯子◎圖　李慧珍◎譯

目錄

人物介紹

龍王創也

內人的同班同學，成績十分優秀，號稱學校創校以來的第一個天才！身為龍王集團繼承人的他長相俊秀，戴著酒紅色鏡框的眼鏡，給人一種知性的感覺，但個性極度冷淡，在班上總是獨來獨往，是名副其實的獨行俠。

內藤內人

腦袋裡常轉著許多奇怪想法的平凡中學生。他擁有2.0的絕佳視力，但在課業上卻糟糕到不行，因為有個要求超級嚴格的媽媽，只好每天到補習班報到。一次偶然的機會，居然看見在大街上憑空消失的創也，也成為兩人熟識的契機。

神宮寺直人

參與尋找『咆哮口紅』遊戲的參賽者。

崛越美晴

一個總是喜歡用黃色髮帶將及肩長髮束起的嬌小女孩，是內人與創也的同班同學。個性非常文靜，從不大聲說話，也很少隨人家起鬨，臉上戴著大而圓的眼鏡，給人一種恬靜的感覺，是內人暗戀的對象。

二階堂卓也

龍王創也的保鑣，身穿黑色的西裝，開著一輛黑色的休旅車，是個做事風格很神祕的年輕男子。他的興趣是看轉職情報，最大的願望是去當保母，是個外表孔武有力、卻擁有柔軟心腸的人。

鷲尾麗亞

參與尋找『咆哮口紅』遊戲的參賽者，是一名小有名氣的冒險作家。

柳川博行

參與尋找『咆哮口紅』遊戲的參賽者，目前身分是美術大學的學生，擅長料理。

朱利爾

參與尋找『咆哮口紅』遊戲的參賽者，目前就讀小學六年級，是天才程度直逼龍王創也的電腦神童。

栗井榮太

傳說中的神祕電玩高手，據電玩公司偷偷透露出來的訊息，他已經製作出最新、最優秀又廣為人知的電玩遊戲。然而從沒有人見過他，因此關於他的傳說沸沸揚揚，他也是龍王創也一心想要超越的電玩天才！

是否開始遊戲？
開啟新遊戲
↓接續上回

請放入《都市冒險王①》的資料

是否開始遊戲？
↓開啟新遊戲
接續上回

《都市冒險王②》資料讀取中

OPENING

我把鉛筆夾在鼻子下，稿紙就攤在眼前。我正努力思考該如何下筆才好。

好——我握起鉛筆。

我叫作內藤內人。

那傢伙叫龍王創也。

兩個極為普通的國中生，發生了一段極為普通的相遇，進行了一場極為普通的冒險。

但，唯一不同的是，創也是個以開發出完美遊戲為目標的電玩宅男。

才寫到這裡，旁邊突然伸出一隻手，搶走我的稿紙。

『……這是什麼？』創也帶著冷淡的眼神，直盯著我瞧。

擁有端正五官的創也，光是冷淡的眼神，就夠有殺氣的了。

『只是留個紀錄而已。想說趁還沒忘記，把這段期間的冒險故事寫下來。』

我試圖要搶回稿紙，但創也卻抓著不放。

創也的眼睛透過鏡片直盯著稿紙。『你在模仿〈神仙家庭〉寫開場白？』

『耶？你竟然知道〈神仙家庭〉！』

我真是徹底服了創也，他果真是本校創校以來的第一位天才！附帶一提，〈神仙家庭〉是一九六四年到一九七二年間，美國相當有名的喜劇影集。

創也的知識量實在太驚人了！不知道他是從何處獲得這些資訊的？總之他腦裡的知識量真是累積得跟山一樣高。

『我有話要說，』如此聰明的創也，從稿紙中抬起頭來看著我說，『首先是「極為普通的國中生」這部分。你，並不是普通的國中生。』

『沒禮貌的傢伙。你說這種話，有什麼證據嗎？』

聽到我的反駁，創也伸出食指指著我。『普通的國中生不會擁有你這般高明的生存技術。』

『你說的是沒錯啦……』不過我依然忍不住要反駁，『我敢斷言，對一百個人做問卷調查，有九十二個人會回答說創也才不是普通的國中生。』

說完，創也又伸出食指指著我。『沒禮貌的傢伙。你說這種話，有什麼證據嗎？』創也忍不住皺起眉頭。

我伸出手指，一一細數我認為的證據。『首先，創也是龍王集團的繼承人，成績又是全校第一，雖然是個人際關係不好的毒舌派，但聰明到即使上問答節目，也能迅速打敗對手成為冠軍。另外，對於紅茶的味道很挑剔，但即便用撿回來的水壺煮開水，也絲毫不介意。』

再加上，我暗戀的崛越美晴，也喜歡龍王創也。（唉，要我承認這點，真是痛苦……）

『換我說了。』創也打斷我的話。

可惡，我還有好多話要說……

『再來，針對「極為普通的相遇」這一句，我也有意見。內人同學，當初是你自己一廂情願要

來城堡找我的吧？』

城堡——創也如此稱呼我們現在所在的地方。這棟建築物原本是龍王集團的所有物，共有四層樓高，但現在已廢棄不用。大樓與大樓間狹窄的小巷是它唯一的出入口，因此大馬路上往來的行人們，很容易就會忽略掉這條窄巷。

創也把從垃圾場撿回來的電腦、沙發、桌子擺在四樓，造就了一個舒適的空間。他只要不在學校，就必定窩在城堡裡，恣意地做自己想做的事。

『叫我來的人是你——龍王創也，設計那些不入流陷阱的人也是你。』

對！我第一次來城堡時，為了到四樓找創也，還花費很多苦心一一突破他所設下的陷阱。

我惡狠狠地瞪著創也，但創也也一樣回瞪著我。

『別忘了當時破壞監視器夜視裝置的人是你喔！』

創也竟然跟我翻起舊帳？突然間，有一股奇怪的氣氛，在我們之間流竄。

創也率先開口緩和氣氛。『第三點，「極為普通的冒險」這句話，我不記得我們有做過什麼冒險。』

什麼嘛！明明知道還裝傻。我表面上不說一句話，心裡卻不停碎碎唸。不記得有做過什麼冒險？晴朗的星期六，是誰讓我進入陰暗的地下水道？去電視台參觀，又是誰害我被人以三氯甲烷迷昏？全部都是創也的錯！

可是，創也並不理會我暗暗的不滿，仍然繼續說：『還有，最後這句「電玩宅男」的說法，我非常不喜歡。我所要追求的是，世界第一流的Game Creator！』

創也『Creator』的發音，就跟補習班的外籍教師一樣講得非常標準。

……嗯，我了解了，關於電玩宅男的部分，我會稍作修改。

創也擁有豐富的知識，以及如同研究員般的冷靜，而那一切都是為了開發出完美的遊戲。我很尊敬創也，因為他有自己的夢想，而且為了夢想不斷努力。（然而，除了這點之外，其他並沒有值得我學習的地方。）

創也一直在找栗井榮太——傳說中的遊戲創作者。但要找出栗井榮太，勢必要經歷一番不平凡的冒險。

『另外，我想問你一件事。』創也看著我說。『為什麼你突然想要記錄這些事？』

『這個嘛……』我搔搔頭，不曉得該如何回答。

看著擁有夢想的創也，我在想，自己究竟有什麼夢想？然後，我明白一件悲哀的事——我沒有自己的夢想。小學的畢業紀念冊上，我曾寫下『想成為小說家』這樣的話，但那只是寫寫而已，並不是打從心裡想成為小說家，也沒有努力去完成夢想。但是，看到這樣的創也，我就覺得自己也應該做些什麼，所以我才拿出稿紙來寫。這跟能不能成為小說家沒有關係，總之先寫寫看吧——現在的我是這麼想的。只是，要對別人說出自己的夢想，總是會覺得有點害羞。

『喂！到底為什麼？』創也絲毫不肯罷休。

我感到很困擾，於是將手搭在創也肩上。

『你不認為，一直緬懷過去就無法迎接光明的未來嗎？』

就在此時，我趁機奪回創也手上的稿紙。

『那麼，為了迎接光明的未來，要不要喝杯好喝的紅茶？』

創也點點頭算是贊成我的提議。

『我總覺得你剛剛說的話，就理論上來說很難理解。』

饒了我吧！那樣說只是為了逃避你的追問啊！

『不過，喝紅茶這個提議，我勉強贊成。』

創也說話還真是不直接。

我面前擺著一杯紅茶，大吉嶺的香味瀰漫整個城堡。

創也泡的紅茶非常好喝，雖然我自認也逐漸抓到泡茶的訣竅，但跟創也還是不能相比。

透過茶杯，熱紅茶的溫暖傳達到我的手心。

悠哉地喝著紅茶，整個人的心情也會不自覺地放鬆。

不過，悠哉的日子不會永遠存在，只要有我跟創也在，冒險故事就會繼續下去。

現在，就讓我們開啟冒險的第一章吧！

Are you ready？

第一部

捉迷藏
Day and Night

09 SUN 01：51 八樓

『ＯＫ——』我在電梯門中間夾了片從瓦楞紙箱切下的紙板。因為紙板夾著的關係，電梯門無法關好，所以只能不停地開開關關。

基於安全的考量，電梯被設計成只要門沒有關好，整部電梯就無法使用。

隔壁那部電梯，我也同樣夾著紙板，這整個樓層的三部電梯全被我以同樣的手法弄得完全不能動彈。要使用電梯，除了拿掉紙板別無他法。

我關閉手扶電梯的電源，還在七樓跟八樓之間的手扶電梯上設好陷阱——爬上樓的人，腳一旦被線勾住的話，小型的手推車就會從樓上滾下來。

呼……將手邊的工作告一段落後，我靠在牆上休息。

這是個昏暗而毫無照明的樓層，只有在電梯門打開的瞬間，才會有光線。

八樓是這間百貨公司的主題餐廳街，另外還設有兒童玩具區及運動用品區，然而現在距百貨公司打烊時間已經過了很久，平常再怎麼熱鬧的樓層，少了光線的照明，看起來也都像鬼屋一樣。

黑暗中創也朝我走來。

『我這邊也照你所吩咐的完成了。』

帶著微笑，創也豎起大拇指。

我也跟著豎起大拇指。

創也負責在三處樓梯中的兩處設下陷阱，這樣一來，唯一沒有陷阱的地方，就只剩北邊的樓梯而已。

『七樓那幫「神祕黨」會知道我們在八樓辛苦地設陷阱嗎？』

創也又開始喃喃自語，真是夠了……

這時，我們身後發出窸窣聲。

我和創也同時向後看……我們努力鎮定心情，凝視黑暗的深處。結果，一隻肥大的老鼠從黑暗中現身，迅速穿過我們腳邊，大概是為了餐廳的廚餘而來的吧！

呼……知道不是『鬼』的腳步聲，我和創也都鬆了一口氣。

『鬼』知道我們在八樓，那到底他什麼時候會來呢？

我和創也大口地吸氣，讓噗通噗通的心跳緩和下來，回到冷靜的狀態。總之，不能被『鬼』抓到就是了。

為什麼我跟創也會在已經打烊的百貨公司裡玩捉迷藏呢？這就必須從幾天前開始說起。

01 MON 17:15 城堡裡

『龍王百貨南Ｔ店本日大特價商品——糖炒栗子！大袋五百圓、小袋三百圓、特大袋只要八百圓！』

我看著創也從垃圾場撿回來的電視，畫面上一個身穿栗子造型人偶服的模特兒臉上帶著微笑。我本來是躺在沙發上，百般無聊地盯著電視看，但一看到這個廣告，我立刻坐了起來。

『太好了……總算被我看到了……』我拿了張紙寫下今天的日期。不知道是不是過度興奮的關係，我的手竟然微微發抖。

『你在高興什麼？』坐在書桌前上網的創也，頭也不回地問我。

『耶？創也，你不知道嗎？』我感到很意外。『聽說龍王百貨南Ｔ店的廣告有兩種版本，只要看到很少播放的栗子廣告，就會有好事發生。』

『沒聽說過。』創也轉過椅子來看著我。『這個傳聞很多人知道嗎？』

我點點頭。『把看到栗子廣告的日期跟自己的生日加起來，得到的數字乘以九再減掉八，如果得到的數字是七的倍數，那麼在未來一個禮拜內，將會有意想不到的好事發生。』

創也很認真地聽我說，然後轉向電腦打開ＢＢＳ的都市傳說版。『我對這類的都市傳說很有興趣，可是我在網路上查不到你剛剛說的傳聞……』

創也的手指快速地敲打著鍵盤，那節奏就像在跳佛朗明哥舞一樣。可是無論創也怎麼找，就是找不到他要的資訊。

『你在網路上找沒有用啦！』我忍不住插嘴。

『這個傳聞好像只在南T店附近流傳，還沒出名到被人po在網路上。』

『你從哪聽來的？』

『教室啊！中午吃便當的時候，我聽旁邊的女生說的。』

『哪個女生？』

『……是崛越啦！』

『哦～』話才說完，創也立刻拿起桌上的手機。

『你要打給誰？』我問。

『崛越。』創也連電話簿都沒看就開始撥號。

『等一下！為什麼你會背崛越美晴的電話？』

『之前不是有發通訊錄？全班都有寫自己的電話號碼，不是嗎？』創也回答我的臉上表情彷彿在說：

『你竟然不知道這件事？』

『……你該不會把全班的電話號碼都背下來了吧？』

創也點點頭。

好可怕的傢伙……

創也開始跟崛越通話，一副很開心的樣子。不對，也許是跟平常一樣，一點都不親切而且面無表情，但在我眼裡看來，卻就是一副開心的模樣。

『嗯……好……我知道。謝謝妳，再見！』創也掛上電話。

『崛越說的跟你差不多，傳聞的出處以及可信度多少都不曉得。』創也又重新對著電腦，叫出Excel及資料庫。

『崛越說她看過六次栗子廣告。她還說，其他女生會記下看到廣告的日期，我來查查看這些日期有沒有規則性。』

創也輸入了十個以上的日期。

這時，我想到兩件事。

栗子廣告我只看過一次，而崛越已經看過六次，也就是說，她有六次好運的機會，我心裡莫名地替她感到高興。

另一件事。

創也在講電話的時候，完全沒動筆抄東西，但是他卻記得全部的日期……記憶力這麼好，那背歷史年代或是英文單字，不就很輕鬆？

我決定測試一下創也。

我在專注於電腦螢幕的創也耳邊輕聲地說：『打造個理想國吧？』

我一說完，創也立刻回頭。

『你當我是白癡嗎？』創也說著，並且不忘狠狠瞪著我。

02 WED 19：22 城堡裡

補習班下課後，我往城堡走去。

城堡前的大馬路上，跟平常一樣停著一輛黑色休旅車，駕駛座上正在看工作情報誌的高個兒是二階堂卓也。只要創也人在城堡裡，卓也就會在車上待命。

卓也是龍王集團的職員，也是創也的保鑣（……真令人感嘆），不過其實卓也想去托兒所當幼教老師，所以直到現在都還在看工作情報誌。然而，他並不是個怠忽職守的保鑣。

『妨礙到我工作的人，我誰都不原諒』——始終秉持著這個信念的卓也，不管對方是警察或是電視台的警衛，凡是妨礙到他工作的人，他絕不輕言放過。

我停在卓也的車旁，不一會兒，卓也便察覺到我的存在，抬頭看著我。即使坐在車內看工作情報誌，他依然注意著外面的一舉一動。

我跟卓也打過招呼後，旋即走進大樓間狹窄的小巷內。

費了一番工夫穿過小巷，我用鑰匙打開大門。鑰匙圈也是創也給我的，上面還吊著華生博士的公仔。

樓梯上散落著石灰粉及鐵架，我爬上樓梯，往四樓的城堡前進。

本來就不整齊的房間，今天更是加倍地凌亂，從印表機吐出來的紙張散亂一地。

城堡裡正在播放〈福祿雙霸天〉（一部關於藍調和黑人靈魂樂的美國喜劇電影）的電影原聲帶，不過，創也並沒有在聽。

只有跟紅茶有關的器皿一如往常，清洗得很乾淨，也擺放得很整齊。

對於我的到來，創也沒有回頭，仍然埋首於電腦中。

『……』我沒有打擾他，動手泡起紅茶來。

我先將水壺放在可攜式瓦斯爐上，等著水沸騰。

創也說水溫必須要用溫度計測量，可是上了一天課的我，累得管不了那麼多。

我把泡好的紅茶放在創也面前，並且還體貼地將杯子的手把朝右，方便創也拿起來喝。

『……有照我說的方法去泡嗎？』創也問。他的雙眼仍然緊盯著電腦螢幕，雙手不停敲打鍵盤。

我帶著嚴肅的表情點點頭，創也這才喝了口紅茶。

『騙人。』他繃著臉說。

還是瞞不過創也。

『啊，都是這杯難喝的紅茶，害我沒辦法集中精神！』

把錯全推給我泡的紅茶，創也伸了個大懶腰。

我也喝了一口紅茶。嗯，雖然沒有創也泡得好，但我覺得還不錯喝……

『有查到什麼嗎？』我問。

只見創也搖頭。『我動用了許多資料庫，也查不出個所以然。栗子廣告的播放日，應該要有規則才對……』創也懊惱地說。

『到底怎麼回事？』

創也的眼睛仍未離開電腦螢幕。

真是很可悲的傢伙，你也差不多該長大了吧？該覺悟到世界上還有許多自己辦不到的事情了吧……

我也看著電腦螢幕，試圖從螢幕上顯示的日期，找出它們的共通點。

『會不會同樣都是星期幾？』

我的詢問只換來創也冷淡的回應。『查過了。沒有。』

『那，天氣呢？』

『也查了。沒有。』

嗯……我努力地思考。

『那……』

還沒等我說完，創也就舉起一隻手來阻止我。『抱歉，可以請你閉嘴嗎？恐怕你所想到的事情，我全都查過了。』

『……』我真想從後面給他一拳，不過創也說的沒錯，於是我放棄揍他。

耶？我注意到其中一個日期。

『喂，這一天我們是不是一起去逛夜市？』

『……』

『因為你說Y寺廟有表演活動，所以我們就一起去看。』

『……』

『那天剛好卓也不在，所以你在外面待很晚也沒關係，可是我回家之後被我媽罵了一頓。』

說完，創也回頭以銳利的眼神看著我。

『我和你出去是私人的事情，跟地方節目播放廣告有什麼關係？』

『……是，我閉嘴。』我神情嚴肅地說。

然後我躺在沙發上看了一會兒雜誌，但我終究無法坐視創也一個人陷入苦惱中，於是善良的我決心幫助他。

『喂，沒有規則性會不會也是一種規則？』

創也訝異地看著我。

『換句話說，栗子廣告是隨意播放的，只要百貨公司一時興起，就說「今天來播栗子廣告吧」，是這樣嗎？』

『嗯……』

『所以我們想破頭也沒用，是不是？』

創也安靜下來。

外。

平常總是喜歡辯論、一副狗眼看人低的創也，此刻正靜靜地思考我說的話，這真是讓我喜出望外。

頗為得意的我，繼續往下說：『所以，我們注意看下次什麼時候播，等廣告播出的時候，我們就去百貨公司調查，你覺得如何？』

這時創也的臉……如果剛剛他的表情是昏暗的十瓦電燈泡，那現在就是一百瓦的超亮燈泡。

『這是個好主意！』

看到創也開心的模樣，我也跟著開心起來。

所以、所以，那時的我並沒有注意到，我說出多麼可恨的一句話……

03 SAT 15:28 城堡裡

星期六下午，天空彷彿被墨汁潑過一樣十分昏暗，但是今天補習班放假，我的心情就像南方的天空一樣，晴朗極了。

我抱著幾本喜歡的書來到城堡，躺在沙發上開始看書。

下個星期一要考試，照理說我應該好好準備考試才對，可是接連幾天的補習，讓我覺得累壞了。

休息是為了走更長遠的路，花一天看自己喜歡的課外書，也不算罪過。（如果問我媽的話，她一定有不同的意見……）

不過我想專心看書卻很難，因為那台創也撿來的電視一直吵個不停。創也則待在電腦前，一點也不像在看電視。

我躺著伸出手，想要關掉電視，可是……

『不行，我在聽。』創也盯著電腦螢幕說。

『你又沒在看，有什麼關係？』我說。

『雖然我沒看螢幕，但我有在聽。』

『……有沒有耳機？』

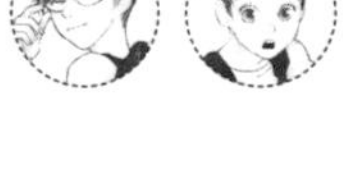

『下次我會撿一個回來，這次你就先忍耐一下。』

創也都這樣說了，我也只好閉嘴，從口袋掏出面紙，折成小團後塞進耳朵裡。

我的記憶力不好，對於創也為什麼突然那麼認真在『聽』電視，只感到不可思議。

算了，現在是我寶貴的休息時間，可要好好把握。

但是……因為創也的舉動，打斷我本來對書的注意力。

只見創也站起來，直盯著電視不放，我也只好跟著看，並且拿掉耳朵裡的面紙。

龍王百貨南T店本日大特價的商品——糖炒栗子。大袋五百圓、小袋三百圓、特大袋只要八百圓！

本土偶像的聲音，清晰地傳進我耳裡。

原來，原來創也在等待栗子廣告的播放。

我下意識地拿起身邊的紙張，寫下今天的日期。

『終於等到這一天了。』創也的語調聽來像在唱歌。

他輕快的腳步踢著散落一地的文件，將水壺放上可攜式瓦斯爐加熱。

我雖然好奇創也的好心情，不過仍沒搭理他，自顧自地拿起鉛筆。今天的日期，跟我的生日相加……

『請用！』創也將一杯紅茶放在我面前。

『喝完紅茶，我們出去走走吧！』創也拿起他的茶杯說。

『出去……去哪？』我邊問，手還不忘邊繼續計算。

『不是說好了，去龍王百貨南T店啊！』

『啥？為什麼？』我的語氣充滿不悅，好不容易才有一天休息充電的時間……

『「等廣告播出的時候，我們就去百貨公司調查」——說這句話的人，是你喔！』

……是我沒錯！

我的腦中又浮現——『多可恨的一句話』。

我開始有股不好的預感……

我決心捍衛我寶貴的休息時間，反對到底。『我們不需要急著今天就去調查啊……』

『今天剛好播放栗子廣告，改天去就沒有意義了。』

說得沒錯！我的反對意見紛紛被擊潰。

『而且卓也剛好不在，今天是個進行調查的好日子。』

創也說『進行調查』這句話時，我的腦中自動轉換成『冒險』。

『我看，今天應該會下雨。這種天氣不要出門，待在房間安靜地看書，不也很好？』我想起要來城堡前天空的變化。

雲移動地很迅速，還有潮濕的空氣讓頭髮變得服貼，這種狀況就表示很快會下雨了——小時候

我奶奶是這樣告訴我的。

『所以，我們明天再去百貨公司吧！』我帶著笑容說，創也卻從房間的角落拿來一把便宜的塑膠傘。

『……』

我拚命想下一個對策，卻怎麼也想不到。

這時，創也開口了。『你不能太晚回家，我看你先打個電話報備一下。』

……打從一開始，我就知道口舌爭辯是贏不了他的。

創也將手機拿給無可反駁的我。『你就告訴你的家人「今天要跟創也一起讀書，搞不好會熬夜」，這樣說的話，他們一定會很感動。』

無可奈何下，我只好打回家。我跟我媽說要跟創也一起讀書，我媽超開心的，然後叫我把電話拿給創也聽，我只好乖乖照辦。

『是……是。我明白，我會負起責任。』創也說完後就掛上了電話。

『我媽跟你說什麼？』

『你媽說：「內人很用功沒錯，但是成績一直都不好，可以的話，請你教教他唸書的技巧」。』

創也竟然模仿我媽的語調說話，這小子挺伶俐的。

唉，成績好的人真好，很容易就能得到大人的信任。像我，即使很認真的地唸書，只因為成績差這個理由，我媽就不太信任我……

算了，這就是人生，命運既然無法違背，那就盡最大的努力吧！總之，現在非做不可的事情是……

我將視線移到剛剛計算的紙上。

今天的日期和我的生日相加，乘以九，接著減掉八。哇！答案出來了，我也不算笨嘛！

接下來……

『創也……』我問創也。『什麼是倍數？』

創也深深地嘆了一口氣。『我看要先給你來個數學特訓……』

04 SAT 17:02 龍王百貨公司南T店

傍晚的龍王百貨公司南T店。

大概是因為星期六的關係，不少人是全家出動。

看到牽媽媽手快樂走著的小學生，我忍不住想告訴他：『再過不了幾年，你也會為考試煩惱。』

我把我的想法告訴創也。

『你的思想還滿陰沉的嘛！』創也說著，眼睛直視著我。『現在的小學生也不輕鬆，看看那些要考私立中學的人，他們可都比你還忙。』

是、是、是……我倒覺得會用這種說法反擊的創也比我更陰沉。

龍王百貨南T店是一棟外觀看來像兩層蛋糕的建築物。一到三樓跟郊區型百貨公司一樣，是水平的建築，整個外型就跟三個錄影帶疊起來沒什麼兩樣。上面再疊一個牛奶盒（五百公升），就是四到八樓的外觀。另外地下共有兩層樓，地下一樓還有地鐵的入口。

我們從一樓中央的大門進去，門口擺著專門讓人收濕傘的傘套——還擺了一大把。

『喂，一直待在百貨公司裡的話，應該不會知道外面下雨了吧？』我邊跟創也說話，邊把傘裝進傘套裡。『但是店員卻可以適時地拿出傘套，為什麼他們知道外面下雨了？』

只見創也伸手指指上面。

上面？我抬頭看天花板。

『不是啦！用耳朵聽聽看。』

創也說完，我立刻將眼睛閉上，把注意力集中在耳朵。隱約中我聽到百貨公司播放的音樂，音樂盒也常出現這首曲子，這是電影〈萬花嬉春〉（美國電影，歌舞片的代表之一）的配樂。

『百貨公司播放這首曲子，告訴店員現在正在下雨，這家百貨公司是用「萬花嬉春」，不同的百貨公司會使用不同的音樂。迪士尼樂園的贊助商所開設的百貨公司，則是使用「四月的小雨」（動畫電影〈小鹿斑比〉的插曲），因為「四月的小雨」是迪士尼的名曲之一。』

哦……

『店員知道下雨之後，就會立刻拿出傘套，然後把手提袋從紙袋換成塑膠袋。』

我一邊聽創也說話，一邊把五個傘套放進口袋。

創也看到後，表情有點不屑，但還是繼續說。『另外，百貨公司會依情況播放不同的音樂。例如被放炸彈時，也有專用的音樂。』

我一聽，感到十分驚訝。『還有這種的喔？』

『百貨公司有時候也會接到放炸彈這類的電話，這時當然不可能直接廣播告訴店員說剛剛接到被放置炸彈的電話。』

沒錯，要是廣播出來，百貨公司裡一定會亂成一團。

我們從一樓展示會場旁邊走過。展示會場貫穿一到三樓，天花板附近有一張大網子，網上裝飾著星星、月亮等。這裡正舉辦婚紗展，四周展示著許多美麗的婚紗。

『所以，當你聽到百貨公司有類似的廣播：「○○市○○先生，請到○○來」出現時，就有可能是在告訴店員：「被放炸彈了」，只是每家百貨公司的用語都不太一樣。經過調查發現沒有異狀的話，就會廣播：「○○市○○先生，請迅速返家」。』

耶？

我邊聽創也說話，手邊敲打著手扶電梯的扶手。『為什麼創也那麼清楚百貨公司的事情？』

『家母告訴我的。她說身為龍王集團的一員，多了解各個業界的資訊比較好……』

原來如此，我這才了解我跟創也的生長背景有多大的不同。

我們來到八樓。八樓是主題餐廳街、兒童玩具區及運動用品區。

我們走進其中一家餐廳稍作休息。坐在軟軟的沙發上，我跟創也都點了杯紅茶。

我覺得，雨天的百貨公司也滿有情調的。

我開口跟創也聊天。『話說回來，這家百貨公司真大，這麼大的餐廳也不過是龍王百貨公司的一小部分，而龍王百貨公司也只是龍王集團百貨部門的其中一間……』說到這裡，我忍不住嘆了一口氣，上天造人還真是不公平……

這時，我們的紅茶送上來了。

『龍王集團真是個大財團。』喝了一口熱呼呼的紅茶後，我不禁有感而發。

CHICAGO
15

創也卻用不爽的表情說：『龍王集團是龍王集團，跟我沒關係。』

這個嘛，也許吧……

我將喝完的茶杯放回茶盤。這家店的招牌——白毫紅茶——好喝是好喝，但跟創也泡的紅茶還是有差。

我把我的感想告訴創也，他聽完很高興地說：『老實說，我有帶來。』說完，就從背包裡拿出銀色的保溫瓶。

原來創也出門前就做好準備了。

『你想得還真周到。』

創也雖然聰明，有時也會太過於一頭熱。雖然他看起來很冷靜，但當他整個人淪陷的時候，常常帶給我許多困擾。如果他每次都能像今天一樣，設想得如此周全那就好了。

我細細品嚐創也帶來的紅茶。

『之後我們要如何進行調查？創也你應該有自己的想法吧？』我問。

創也點點頭，然後看著他的手錶。『現在跟你說也可以，我可不想到時候再說一次。』

再說一次？什麼意思？

我不懂，想開口問創也，卻開不了口，因為我一直打哈欠。

怎麼回事？我的眼皮就像千斤重一樣，覺得好想睡覺。

好奇怪？我本身有慢性失眠症，應該不太可能突然想睡覺……

坐我對面的創也，不停觀看我的模樣。『藥效比我估計得還快。對頭腦簡單的人來說，藥效會特別快發作嗎？下次我要研究看看。』

藥？什麼藥？我用那渾沌不清的腦袋，企圖釐清這一切。

『今天我請客。』一副施恩的態度，創也站了起來。我也跟著起身，但腳步卻很蹣跚。

搭乘下樓的手扶電梯時，創也對我說：『你剛剛喝的紅茶裡，我放了安眠藥。』

藥……安眠藥！

『放心，我有根據你的體重來計算藥量。依我的計算，晚上十點三十分你就會醒來。』創也看著手錶說。

『龍王，汝竟下此毒手～』我想模仿古裝劇人物的語調說話，卻開不了口。

我的意識漸漸模糊……

05 SAT 22:33 一樓

這是哪裡？我又是誰？——帶著這種感覺，我漸漸醒來。

眼前是一片昏暗。我感覺自己身在一個白色帳篷裡，這讓我想起之前曾被關在狹窄的保麗龍盒裡。那真是一段不愉快的回憶。

我看一下自己的姿勢——屁股著地，雙手抱膝。

因為姿勢不對的關係，我的身體痠痛得很。轉頭看了一下旁邊，創也跟我用同樣的姿勢坐著。

『依我的計算你應該在十點半醒來，不過有三分鐘的誤差。』打開手錶的夜視燈，創也說。

『還好，這種程度的誤差還算及格。』創也帶著微笑說話，惡魔般的微笑。

我邊打哈欠邊抓住創也的衣領。『給我說清楚，這是哪裡？現在又是幾點？』

我睡眼惺忪，看起來一定沒什麼威脅性，但我還是努力瞪著創也。

『這裡是龍王百貨公司南T店一樓的展示會場，現在是晚上十點三十三分——啊，快三十五分了。』創也說。

展示會場……該不會是……

『我們是不是躲在婚紗的裙底？』我問。創也的雙手正在頭上比個圓圈。

竟然躲在裙底……

『難道沒有更好的地方可以躲嗎？男廁的廁間，或是家具賣場的床底？』

針對我的不滿，創也搖了搖食指說：『哪個地方都不行。直到百貨公司打烊，廁所都是關著的話，反而讓人覺得更怪。躲在床底下，很快就會被打掃的清潔工發現。』

原來如此……

接著我要進入正題了。

『我們躲在打烊後的百貨公司到底要做什麼？』

『我正準備告訴你。要在這裡說？還是換個地方？』

我看看左右。這裡是婚紗的裙底，我不認為一直待著是個好辦法。

創也看一下手錶。『警衛再次巡邏是在午夜十二點，我們還有時間。』

什麼時候他連警衛巡邏的時間都調查好了……

創也率先離開裙底，我也隨後跟上。一出去，眼前的景象讓我不敢相信。

這裡真的是百貨公司嗎……營業時間一過，燈光完全熄滅，昏暗的百貨公司讓我彷彿置身在黑白電影中，僅有的光線來源是逃生門的面板及緊急照明燈而已。

『內人，你怎麼了？』創也走過來，拍拍正在發呆的我。

營業時間看不到的一幕，正呈現在我眼前。婚紗旁邊放了好幾個紙箱，紙箱裡裝滿氣球，大概是明早開店前要用來裝飾的吧！在緊急照明燈的照射下，本來五彩繽紛的氣球，現在也一片昏暗。

創也拉著我繼續往前進。

排放整齊的仕女服，還有一群展示模特兒。光線充足時看來十分華麗的百貨公司，如今卻像鬼屋一樣，夜晚與白天都沒有差別的只有化妝品區飄過來的香味。

我和創也進入男廁廁間。真不愧是占地寬廣的龍王百貨，連廁所都很大，即使兩個人一同進入廁間，也不覺得擁擠。

正當我想鎖門時，創也卻阻止了我。『警衛如果巡視廁所，也不可能一間一間打開來看，但是你把門鎖上的話，反而會讓警衛起疑心。』

原來是這樣……

任何事都那麼正經八百，是不會有朋友的。

創也坐在馬桶蓋上，我則雙手抱胸靠在牆上。

『問你一個問題。』創也問。『有一個擁有幾萬職員的大公司，公司決定星期日要舉行運動會，可是當天天氣並不好，雨一副要下不下的樣子，這時到底要不要舉辦運動會？內人，是你的話，你要如何連絡每個職員？』

我認真地思考。我想到了，在清晨的時候以煙火通知大家：有放煙火表示運動會照常舉行；沒放的話，自然就是取消囉！

聽完我的回答，創也搖搖頭。『如果是小學運動會，那這個方法倒是行得通，因為學區很小。但是，這是一個有數萬職員的大公司，就算放煙火也不見得全部都看得到。』

『不然就多在幾個地方放。』

創也仍然搖頭。『這麼麻煩的事，還是免了吧！』

嗯……說的也是。

『利用通訊錄，一個個打電話通知的方法雖然笨，卻能夠確實通知到每個人。』

創也又再次搖頭。『太麻煩了，而且還要花電話費。』

呼——這方法也不行啊……

不行，想不出來了，我索性高舉兩手表示投降。

創也這才肯公布正確解答。『利用公司的廣告。將公司廣告製成兩種模式，運動會照常舉行就播A模式，取消就播B模式，大肆在電視、電台放送。』

原來是這樣……如此一來，一次就能通知到全體員工。嗯，真是個聰明的好方法。

『那……』換我問創也。『你剛剛說的那件事，跟現實世界裡待在百貨公司廁所的我們，有什麼關係嗎？』

說完，創也聳聳肩。『哎呀！我以為你會懂。』

被這樣一說，就算不懂也只能裝懂了。

我用力點頭說：『其實我懂，栗子廣告就是要告訴員工們，龍王百貨公司要舉行運動會這件事。』

『……你在開玩笑吧？』創也笑笑地問。

『……』老實說此時我還真不知該作何反應才好。

創也開始認真起來。『你不認為，栗子廣告跟栗井榮太有所關連嗎？』

『……』突然間聽到栗井榮太的名字，真是讓我嚇一跳。

栗井榮太——傳說中的遊戲創作者。立志要當個遊戲創作者的創也，一直在尋找他。為了創作出超越栗井榮太的電玩，創也下定決心要見到他。

是要以他做範本參考嗎？——錯！是為了不以他做範本，也避免模仿他，所以創也要找到栗井榮太，聽聽他的想法。

但，問題是為什麼現在栗井榮太的名字會突然出現？

……不懂！

我決定不說話，聽聽創也的想法。從剛剛到現在，一連串的對話對創也來說，或許是一段完整的對話，而我卻完全無法理解。再怎麼說，本來我們的知識量就差很多，還有推測事情前因後果的能力也是如此——令人覺得可恨的是，這個差異是與生俱來的。

『以前有個免費的遊戲軟體，在網路上供人下載。』創也說著，我豎起耳朵專注地聽。『那是個角色扮演的冒險遊戲。一顆在鄉村山中生長的栗子，一心想成為糖炒栗子，於是離開家鄉到城市去。可是，這顆栗子卻在打烊後的百貨公司超市迷路了，蛋糕區想把它做成栗子蛋糕、熟食區想把它做成栗子飯，主角栗子一邊跟他們對抗，一邊逐步完成自己的夢想——這就是遊戲的內容。』

『……』

我不知道說什麼好，要說『真是一個好棒的遊戲』好呢？還是說『這遊戲真無聊』好呢？

我不知道……

創也繼續說：『遊戲容量不大，而且故事內容有趣歸有趣，但不會讓人想一玩再玩。不過……』創也臉上掛著微笑，『電腦動畫好得沒話說，透過電腦螢幕，深夜無人且陰暗的超市，會讓人彷彿迷失在異次元空間一般。因為這遊戲，栗井榮太的名字在電玩迷中有著不可動搖的地位。』

哦……那這就是個很棒的遊戲……吧！

『所以，我就姑且這麼想，』創也的口氣就跟名偵探一樣。『栗子廣告播放時，到底百貨公司裡會有什麼事發生？該不會是，打烊後的百貨公司，也將上演祕密的角色扮演冒險遊戲？而，背後的藏鏡人是……』

『栗井榮太？』我問。創也大大地點頭。

事情有這麼簡單嗎？

『萬一栗子廣告與龍王百貨公司還有栗井榮太之間，一點關係都沒有呢？』我又問。

『這也有可能，而且這個可能性更大，但是……』創也在微笑，眼神中透露出強烈的意志，他似乎認為自己的一個夢想就要實現了。『只要跟栗井榮太有關係，即使可能性很微弱，我也不會放過。』

原來如此……嗯，我懂了！為了要尋找栗井榮太，所以此刻我們身在打烊後的百貨公司。（更正確的說法是，身在男廁廁間。）

在下水道也沒遇見栗井榮太，在電視台也查不到栗井榮太的線索。無論怎麼找，總是被他逃脫，栗井榮太就像是豔陽下的熱氣般無法捉摸……說不定他真的在百貨公司的某個角落裡。

呼……我吐了一口氣。

我發現自己開始感到興奮。說不定能找到栗井榮太——這麼一想，我全身血液竟開始沸騰。

好！我面對創也豎起大拇指。『為了成為糖炒栗子——不對，為了找到傳說中的遊戲創作者，衝啦！』

06 SUN 00:13 一樓

黑暗中，閉上雙眼會聽見許多聲音：牆壁裡水流過水管的聲音、緊急照明燈燈管發出的微弱聲響，還有，隱約的腳步聲……而這聲音漸漸靠近我們。

腳步聲停在廁所前，手電筒的燈光照射在地板上。正如創也所說的一樣，警衛並沒有一個個檢查廁間。

不久，腳步聲逐漸遠離。

創也打開手錶的夜視燈，確認時間。

半夜十二點二十五分——我們走出廁間。

『要去哪？』我小聲地問，創也則不發一語地指了指腳下。

了解！跟栗子遊戲一樣，從地下一樓開始調查！

我們小心不發出聲音往樓梯而去，這時——忽然間整個樓層的電燈大亮。

在我還來不及思考前，身體先動了起來。我抓著創也的後頸，匆忙躲到堆滿特價品的花車陰暗處。

『我又不是貓。』創也抱怨著。

我掩住創也的嘴，小聲問他：『為什麼燈會忽然打開？』

創也搖頭，看來他也不明白。

我把耳朵貼在地板上。叩、叩、叩，遠處傳來腳步聲，不是一個人或兩個人，而是大約十人的腳步聲。

創也也學我把耳朵貼在地上。

為什麼百貨公司打烊後，還有這麼多人？

『創也，你的手錶是不是慢了？』我想會不會現在已經天亮，營業時間快到了？

『我的錶是電波手錶，一秒都不差。』（內部有天線裝置，能夠接收帶有標準時間的電波訊號的手錶。）

不知是不是傷到創也的自尊心，他的聲音顯得很不爽。

那，腳步聲是怎麼回事？

遠處的腳步聲越來越清楚，隱約還聽得到講話聲。我和創也趴在地上，盡可能移動身體遠離腳步聲。

我們躲在附有腳輪的鏡子後面，從下方的空隙往外看。眼前有好幾雙腳走過，配上西裝褲的皮鞋、和服下襬露出的木屐、紅色漆皮高跟鞋——不同的年齡及性別，唯一的共通點是，他們穿的都是高檔貨。

『四個女的、五個男的……』創也喃喃自語。

這九名男女看來在討論事情，但我們只聽得到聲音，卻不知道詳細內容。

一行人走到電梯前，等待電梯到來。

電梯到達時『叮』的一聲，清楚地傳到我們耳裡。

等到他們走進電梯，且電梯門關上的那一刻，我和創也才從鏡子後面出來。

電梯一直往上，沒多久樓上便傳來很小的一聲『叮』，電梯指示燈顯示七樓。而在這同時，樓層的電燈又全都熄滅。

在等待眼睛習慣黑暗的同時，我問創也：『接下來怎麼辦？』

創也沒說話，用手指指上面。

也對！這群人到底要做什麼？莫非，其中一個人就是栗井榮太？這麼一想，我們當然要去揭開他們的真面目。

正當我伸手要按電梯時，馬上被創也阻止。『不行！一旦電梯啟動，我們就會被發現。』

對喔！創也說的有道理。

『可是，被發現會怎樣嗎？』

對於我的疑問，創也點點頭。『你想想看，當那群人一到，一樓的燈就亮了。這表示，他們是經過百貨公司認可才進來的。反觀我們，這次的行動受到百貨公司認可了嗎？』

被創也一問，我搖搖頭。

『這就對了！所以一旦發現我們的存在，公司會立刻通報相關單位。』

通報相關單位……我的腦中出現自己雙手被銬上手銬的景象。仔細想想，我們現在的行為是非

法闖入……

『就當作是小孩子惡作劇，難道不能原諒我們嗎？』

但是，我僅存的一絲希望，在看到創也的臉後紛紛消失不見。只有我的話，搞不好還能當成小朋友惡作劇處理，道個歉就沒事了。不過，一看到創也那張成熟的臉，我不認為他會被原諒。

『你現在是不是在想一些有的沒的？』創也銳利地盯著我看。

我趕緊裝無辜，用力搖頭否認。

『哼！』創也從鼻子冷哼一聲。

我們站在樓層簡介圖前，調查七樓有哪些店家：童裝、嬰兒用品、眼鏡店、洗衣店、照相館、禮服出租，還有一個大型活動會場。

我指了指『大型活動會場』的字樣。我覺得這裡最可疑。

創也也點頭贊成。

我們爬上樓梯。

結果我們在三樓——仕女服飾區遇見『鬼』。

07 SUN 00：49 三樓↓六樓

創也的背包中雖然有手電筒，卻不能拿出來用，因為一片漆黑中，一絲光線都會變得很醒目，即使站在遠方，也會發現我們的存在。

爬樓梯時，我們也盡可能不發出任何聲音。

『喂，創也……』我問走在前面的創也。『一樓是賣仕女服，剛剛經過的二樓和現在的三樓，也都在賣仕女服。樓層介紹上連四樓都在賣仕女服飾和流行女裝，為什麼那麼多層樓都在賣女人的衣服？』

『……』

『還有啊，為什麼仕女服飾區的樓層比紳士區低呢？』

『……』

『喂，到底為什麼？』

這時，創也回頭。他的眼睛在冒火。雖然沒開口，但他的眼神彷彿在說：『不要問那些無聊的問題。』

我趕緊堆出最燦爛的笑容，安撫創也的情緒。

然而，就在我們從三樓要往四樓前進時，我聽到微弱的聲響。

『……？』我看了一下創也，他也正好回頭看我。

我們同時看向三樓。

雖然三樓同樣是一片黑暗，但是……好像有什麼東西在動。

我看著創也，創也對我點點頭。

我們的目的地是七樓，但如果在三樓的東西從背後靠近我們的話……想到這裡，我們還是先去調查看看是什麼東西比較好。

我們往三樓走去。

這裡不像一樓一樣散發著化妝品的香味，不過卻充斥著新布料的味道。

我們盡可能不發出腳步聲，持續前進。

牆邊的架子上，擺著許多新鞋。我們繼續往前走，來到貫穿一至三樓的樓梯，然後靠在欄杆上觀察四周。

什麼也沒有……我們互看一眼，稍微喘了一口氣。

但是……啪沙、啪沙，一陣很細微的腳步聲傳入我們的耳中。

我們往聲音的方向看去，發現有個穿西裝的男人站在那裡，但是臉看不清楚。

不知道是不是黑暗的緣故，這個男人的身材顯得特別巨大，我們跟那個男人就這樣對立在黑暗的兩邊。

突然，那個男人伸手要抓我們。

我和創也都嚇得雙腳無法動彈，我這才了解到青蛙要被蛇吃掉前的心情……

然而……

『喂！你在做什麼？』有個聲音從那男人背後響起，手電筒的燈光就像槍一樣射了過來。

是警衛——警衛正在巡邏。

警衛的出現讓那男人嚇了一跳，趕緊回頭看。

這一瞬間，即將被蛇吃掉的青蛙再度復活，我跟創也沒命似地開始逃跑。

『站住！』警衛尖銳的叫聲傳來，接著聽到一陣乒乒乓乓的聲音，看來那個男人跟警衛打了起來。不過，現在不用去在意這些小事，因為我們只顧著往樓梯上爬，根本忘記要把腳步放輕。

如果現在是運動會比賽賽跑，我們絕對會成為眾人歡呼的對象。

腦中才剛開始幻想，轉眼間我們就來到六樓——流行女裝、和服、高級生活雜貨、室內裝飾品區。

等呼吸稍微平緩後，我問創也：『那個男的……是誰……？』

『……』

創也還無法開口說話。（缺乏運動是電腦宅男的共同毛病。）

我繼續問：『那是……栗井榮太嗎？』

『……我不知道，』創也總算是回復正常，這才開口說話，『……唯一能確定的是，那男人是「鬼」。』

『鬼？』

創也到底在胡說什麼？莫非是過度缺氧所以腦袋壞了？

『先把我們現在知道的訊息整理一下。』不再喘氣的創也，語氣跟冷靜的科學家沒什麼兩樣。

『鬼，打算要抓我們兩個。』

嗯，我也這麼認為，剛剛鬼就是伸手要抓我們。但是……

『為什麼要抓我們？』

『日前還不清楚。』

『什麼嘛！原來你不知道喔！』

聽了我的話，創也狠狠地給了我一個白眼。（即使在黑暗中我都能感覺到創也的眼神，你大概就能了解他的眼神有多銳利了吧！）

『我剛剛不是說「先把我們現在知道的訊息整理一下」嗎？』

……是是是，我閉嘴！

創也繼續說：『還知道一點，這個鬼並不是龍王百貨公司的員工。』

沒錯，如果是員工的話就不會跟警衛打起來。

我沒說話，讓創也繼續說。

『說完了。』

……這樣就沒了嗎？

『你有什麼不滿？』

創也的話裡充滿殺氣，我只好拚命搖頭。

接下來該我問問題：『如果鬼是栗井榮太的話，該怎麼辦？』

『……我不願意這麼想。』創也用冷淡的口氣回答。

『我覺得鬼很可怕。剛剛他伸手要抓我們時，我可以感覺到危險的氣息，如果栗井榮太就是鬼的話，那我根本無法與他交談。』

也對，我贊成創也所說的。

『我希望，栗井榮太是七樓那群人裡的其中一個。』

嗯，我也希望如此。

創也站起來，推推他的眼鏡。『我的工作是負責戰況分析，接下來就交給你了。』

啥？

此時，樓梯傳來微弱的腳步聲，我和創也同時用手掩住對方的嘴。

這腳步聲不是警衛的，因為警衛不需要放輕腳步，而且警衛的腳步聲也比較溫和。

這個類似金屬音的腳步聲……是鬼的腳步聲。鬼像是在觀察整個樓層的狀況，一步步往上走。

直到腳步聲遠離後，我們才大大鬆了一口氣。

『總之我們絕對不能被鬼或警衛抓到。』創也說。

『為什麼？萬一被抓到，道個歉不就好了？更何況，他們要是知道創也是龍王家族的一員，一定會原諒我們的。』

『我不要這樣！』創也的口氣相當激動。

我嚇了一跳，因為我從沒看過創也如此激動。

『……不要！』創也又重複了一次，然後就沉默了。

我懂了……

創也和我這種普通人不一樣，別人總是用特別的眼光看他。成績優良、眉清目秀、又是龍王家的小開——站在創也的角度想想，被人這樣看待，心裡會悶也是正常的。

創也就是創也，無論別人如何看你，都不用去在意——不過這種話也只有旁觀者說得出口。

好，不要讓創也的真實身分被拆穿，我應該要為他做些什麼。

我用力點點頭。『了解！不讓鬼或警衛抓到這件事包在我身上，戰況分析及作戰方針，就拜託你了。』

『收到！』創也笑著說。

08 SUN 01：27 六樓↓七樓↓八樓

『現在我們應該要做的事，』創也說，『第一，要找尋栗井榮太的話，我認為要從那個謎樣的集團下手。』

我邊聽創也說，一邊點頭。

『一直叫他們謎樣的集團也很怪，乾脆取個名字，叫作「神祕黨」（Mysterious Party）好了。』

這個名字我不同意。『難到想不到更酷、更炫一點的名字了嗎？』

對於我的不滿，創也也是一臉不高興。『那你覺得取什麼名字好？』

突然被問，一時間我也回答不出來。

我稍微想一下說：『「祕密社團」如何？』

創也用冷淡的眼神，否決了我想的名字。『「神祕黨」，簡稱「ＭＰ」，他們人已經在七樓，所以我們也該上去了。』

何必取這種需要簡稱的名字啊？不過我只能在心裡抱怨，畢竟現在不是爭這個的時候。

大人有大量，我點頭表示同意。

『還有，千萬要小心，不要被鬼或警衛抓到。』創也繼續說。

嗯，怎麼說我們都是非法闖入，一旦被抓就是報警處理了。

『躲避鬼和警衛的追捕、揭開ＭＰ的真面目，然後找到栗井榮太——這就是我們今天的任務。』

說這話的同時，創也的表情十分認真。

可是……

『情況有這麼嚴重嗎？』我試著以輕鬆的口氣說。『反正只要情況不對，我們立刻放棄找栗井榮太，從逃生門跑走不就得了？』

『沒有用。』創也立刻否決了我的意見。

『為什麼？建築物的逃生門從外面打不開，卻能輕鬆從裡面開啟，這你不是也知道的嗎？』

『沒有用。』

『門又沒有上鎖。』

『我就跟你說沒有用。』

『為什麼？』

『門雖然打得開，但裝有紅外線警報器，一旦門被打開，保全公司馬上就會知道。這樣一來，我們還逃不到幾百公尺，就會被抓。』

聽完，我大大嘆了一口氣問：『創也，那你打算要怎麼出去？』

此時創也把目光放在遠方說：『我沒想過。』

『什麼？』

『我滿腦子都在想怎麼混進來。為了讓你睡著，我連安眠藥都準備了，但是我完全沒想過如何離開。』

我更用力地嘆息。『之前去下水道時，你也沒考慮到出去時的事。』

被我這麼一說，創也用力點頭，然後挺起胸膛說：『有句話說：「有一就有二，無三不成禮」，下次我會注意。』

……我徹底被打敗了，看來創也絲毫沒有要反省的意思。我猜得沒錯的話，創也下次依然會犯同樣的錯誤。

這傢伙真的是我們學校的天才嗎？我覺得肩膀好沉重。

創也用開朗的語氣說：『放心啦！無論多麼緊急的狀況，我都能輕鬆過關，因為我有個像哆啦A夢一樣的朋友在。不用擔心，有什麼意外，就拿出任意門吧！』

『……』

創也同學，我並沒有四次元口袋……

創也一點也不介意我的心情繼續說：『走，我們去調查MP的真面目！』

……啊，肩膀好沉重啊！

我們沿著有緊急照明燈的樓梯往七樓爬，樓梯口擺著許多裝有商品的紙箱。到現在為止，我們所經過的樓梯，幾乎都堆滿紙箱——這不會違反消防法規嗎？

從樓梯口向上看，七樓有燈光流洩出來。黑暗中看見的燈光，讓人心裡感到踏實許多，我和創也繼續輕手輕腳地往上爬。

走到一半，卻看見有滅火器倒在樓梯上。

『真危險。』創也邊說邊伸手要扶起滅火器。

我立刻阻止創也的動作。

『怎麼了？』創也的語氣帶著驚訝。

我仔細檢查滅火器四周。

『一般來說，要是你看到滅火器倒掉會把它扶起來嗎？』

『當然會啊！很危險耶！』

我聽完創也的回答，手謹慎地伸向滅火器。

『警衛每兩個小時會巡邏一次，可是滅火器竟然會倒在這裡，你不覺得奇怪嗎？』

我停下伸出的手，感覺指尖好像有什麼東西在

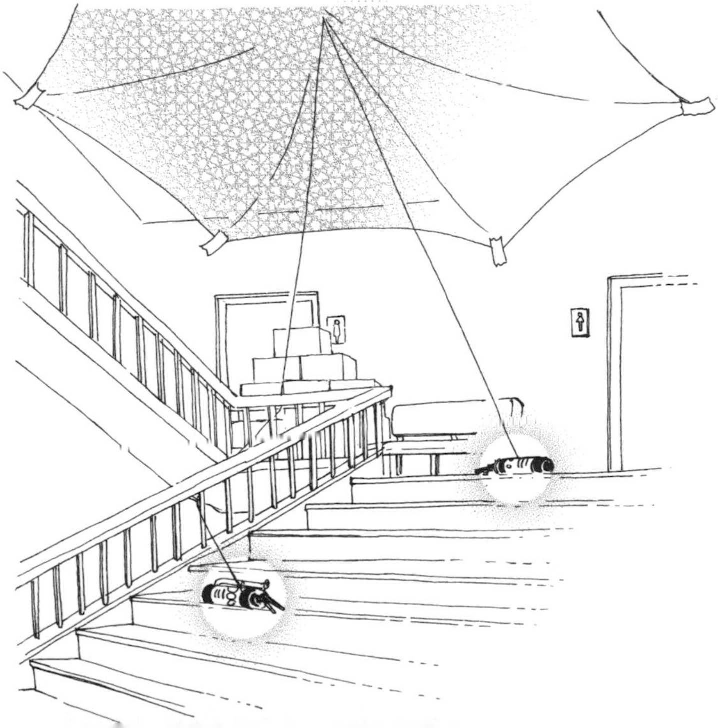

發亮。

是線！一條細細的釣魚線綁住滅火器。

我順著線延長的地方看去，穿過樓梯扶手，往上延伸至天花板。天花板上吊著一張網子，就像蜘蛛網一樣。

這張網子……我想起來了，在一樓展示區，吊著星星、月亮的那張網子。

這張網子被用膠帶固定，另外一條線斜斜地向下延長，線端綁著另一個滅火器。

我知道了……一旦把滅火器撿起來，天花板上的網子就會掉下來。

『這個陷阱做得真不錯。』創也說。

我想起奶奶教過的陷阱。

奶奶教我的是抓野兔的陷阱。

那時，奶奶是這麼說的：『陷阱分兩種。一種是弄死獵物後才抓，另一種就是活捉。』

我邊點頭邊聽奶奶說。

『弄死之後再抓起來的陷阱比較輕鬆，活捉的陷阱就不是那麼一回事了。』

『為什麼？』

『獵物掉進陷阱之後，放著不去管牠的話，會讓牠痛苦。所以想讓獵物早點到手，就要在陷阱的旁邊……』

對喔，現在不是回憶童年的時候。

我抓著創也的手，兩步併作一步地往八樓爬上去。

『怎麼了，內人？』創也問，但我沒空回答他。

我和創也加快腳步。

到了八樓，我趕緊尋找能躲的地方，穿過主題餐廳，直接來到兒童玩具區。

我們進入販售派對用品的專櫃，找到一個裝垃圾的紙箱，然後躲在後面坐下來。

『……到底怎麼了，怎麼這麼突然？』喘個不停的創也問。

我這才開口，『設下活捉獵物的陷阱時，人一定要在旁邊守著，這是不變的道理。我奶奶是這樣說的。不這麼做，捕到的獵物，就無法及時捉起來。』

『那……剛剛的陷阱旁邊……』

我點頭。『沒錯，鬼就在附近。』

創也的冷汗順著臉頰流下。

『從腳步聲聽來，鬼一定知道我們逃到八樓。我想，他應該會上來八樓才對……』

冷汗沿著我的臉頰流下。

『不過，鬼在七樓到底要做什麼？』我問創也。

『這個……沒有明確的證據也只能靠猜測……』創也說出他的猜測，『我猜鬼應該也想調查

ＭＰ的真面目，不然他大可不必設陷阱，直接在樓梯間埋伏抓我們更快，不是嗎？』
原來如此……
『埋伏在樓梯間的話，他就沒有時間調查ＭＰ，所以他才會設陷阱。而就在鬼離開陷阱旁去調查ＭＰ的時候，我們剛好經過……』
嗯，鬼的真面目漸漸清楚。
鬼，不是龍王百貨公司的員工。
鬼，也在調查ＭＰ的事。
鬼，並沒有要加害我們的用意……大概吧！如果要害我們，他可以設下更危險的陷阱。
光是想像，就覺得恐怖，不過現在不是害怕的時候。
創也站起身，拿起放在走廊角落的觀賞用盆栽，腳步連停都沒停，朝著剛剛上來的樓梯走去。
他要做什麼？
然後，創也兩手空空的回來。
『你在幹嘛？』我問。
『等一下再告訴你。我們先來準備一下，好好迎接那個鬼吧！』
創也邊說邊放下一直背在身上的包包。
說得對！坐而言不如起而行。
我看了一下剛剛靠著的紙箱。『創也，用手電筒照一下。』

『幹嘛？』

我沒回答，逕自搜尋紙箱裡面。紙箱中裝有派對用品現場示範時製造的垃圾，那些還沒分類的被統統丟進紙箱裡，我從中挑選還能用的東西：各色的金蔥、附著大鼻子的眼鏡、三角紙帽、拉炮裡的紙帶子、可以變換聲音的氦氣噴霧劑——雖然只剩下一些些。

我將選出的東西一個個放進創也的背包裡。

『你要我背這些東西啊？』創也看來很不滿。

我就像在說給自己聽一樣喃喃自語。『真不巧我沒背包包來，也沒時間準備東西，不知道為什麼就這樣被帶來這裡。再說我剛剛還吃了安眠藥……』

『……我最近有點缺乏運動，稍微拿一下重的東西，也是個很好的訓練。』創也說完就背起背包。

很好，很聽話！

我拿起剛剛撿的彩色線，去掉多餘的裝飾，打算做一條繩子。

『不用這麼辛苦，想要繩子這裡就有賣了。』創也從運動用品區拿了一條跳繩過來。『這裡是百貨公司，大部分的東西都有，拿來用不就好了？』

我面無表情地等創也說完。

『可是，我身上只有零錢，而且收銀機都是關著的，雖然方便，也沒辦法買。』我說。

『現在是緊急事件，沒有關係啦！』

『……』

我無法接受創也的說法。

『創也，之前你不是說過：「龍王集團是龍王集團，跟我沒關係」嗎？』我看著創也的眼睛說。『不付錢就拿東西，不就等於在說：「我是龍王家族的人，隨意拿東西也沒關係」？』

『……』

『也許我說的有點誇張，不過……』我一邊說，但雙手並沒有停止製作繩子。『龍王創也的自尊，跑到哪兒去了？』

『……』

看著手上的跳繩，不知道在想什麼的創也，默默地將跳繩放回運動用品區。等他回來的時候，手上卻抱著許多像蛋之類的東西。

『你拿什麼？』我問。

創也一臉得意地說：『是扭蛋的空殼。兒童玩具區有扭蛋機，那裡的垃圾桶中有很多扭蛋空殼，我想搞不好派得上用場就撿了一些回來了。』

『……派得上用場……要用在哪裡？』

這時，創也不懷好意地笑一笑。『這就交給你想囉！』

『……』

搞了半天原來是這樣……

我自然地笑了出來，創也也害羞地笑一笑。

ＯＫ！為了不讓你失望，我只好努力啦！創也站在我的身旁，跟我一起做繩子。

『話說回來，越緊急的狀況，你越能發揮潛力。』創也的聲音充滿佩服。『難道，你不認為現在算是緊急狀況？』

實際上我的確不這麼認為，因為我雖然覺得鬼很可怕，但是跟緊急狀況還是差了一大截。

我奶奶曾經說：『其實沒有什麼事稱得上是緊急狀況。除非酷斯拉出現，必須派出自衛隊，那才是真正的緊急狀況。』

『我們趕快來替「鬼的歡迎會」做準備吧！』創也輕快地說。

與其感嘆緊急狀況的危險，倒不如趕快行動。

我拿著許多做好的繩子說：『創也，你幫我在樓梯設陷阱，我來想辦法讓電梯停用。』
創也對我眨了眨眼，表示了解。

10 SUN 02:08 八樓↓七樓

電梯已經動不了了，連手扶電梯都被我們設下陷阱，三處樓梯中只有北邊的樓梯沒設陷阱。

『看到剛剛那個滅火器的陷阱讓我想到，』創也開始分析現況，『鬼設陷阱抓我們，所以我們可以把那作為參考來解讀他的心理。』

創也老是喜歡把事情想得很複雜。管他的，他愛講什麼就讓他講好了。

『鬼如果看到樓梯上放著盆栽，他會怎麼想？他應該會以為那是個陷阱，但實際上卻什麼也沒有。』

哦！難怪剛剛創也跑去拿盆栽，原來是這個用意。

不必刻意設陷阱，那個盆栽就已經起了作用。

『鬼一定是這樣想的，鬼一定會刻意不經過設下陷阱的樓梯，而改走安全的樓梯……』

而唯一沒有陷阱的樓梯，只剩下我們現在正看守著的這座樓梯而已。

『鬼絕對會經過這個樓梯到八樓。』創也斷言。

才說完這句話，我們就同時就聽見『叩！叩！』的腳步聲。

這個冷酷無情的腳步聲——是鬼！

『叩……叩……』鬼一步一步往上爬。

『叩……叩……』腳步聲越來越逼近。

然後……鬼經過我們前方，繼續往上爬。

『叩……叩……』漸漸地聽不到腳步聲了，他應該已經到達八樓。

『就是現在！』我和創也拿掉身上的紙箱，迅速地不發出聲音就往下走。

紙箱雖然小，不過把數個紙箱接在一起，裡面的空間足足能容下一個人，而且從外面看不出來有人躲在裡面。

『鬼不可能知道我們已經離開八樓。』創也說。

『他會繼續在八樓找我們。這個遊戲，我們贏定了！』

七樓到了——整個樓層燈光明亮，我和創也壓低腳步聲朝活動會場過去。

沒有燈光的陰暗百貨公司雖然令人害怕，可是燈光明亮卻沒有半個客人的百貨公司，更讓人覺得毛骨悚然。我們彷彿迷失在戰後的世界一樣。

我們到達被屏風隔開的活動會場一看，屏風的後面有人——沒錯，ＭＰ的人全在屏風後。

我和創也互看一眼，透過屏風的縫隙往裡瞧。

耶？

我和創也再次互看對方，然後又一次把眼睛對著縫隙，然而看到的景象跟剛才一樣。

我跟創也說：『我應該……不是在作夢吧？』

創也伸出手，用力地朝我的臉頰捏下去。超痛的！

『這不是作夢，我知道了』

我們眼前的景象其實相當正常——牆上掛著好幾幅畫，整個樓層共有三座雕像，ＭＰ的成員，在這之間緩步走動，欣賞這些美術作品，看起來就是白天的美術館的情景。不過因為現在是深夜，而且是在打烊後的百貨公司，才會讓我覺得像在作夢。

剛才，我的腦中幻想的是更不可思議的景象……

——綁著黑色頭巾的成員，正在進行某個神祕的宗教儀式。

——企圖征服世界的神祕組織，開著奇特的作戰會議。

跟我所幻想的事情比起來，眼前的一切再正常不過了。

可能是牆上的畫作很吸引人吧？我把視線移到畫上。

……不懂！芭蕾舞女孩的畫、飛到空中的巨大岩石的畫、花瓶裡插著一朵玫瑰花的畫……到底哪裡有趣啊？

雕像也一樣。拿著一顆蘋果的手的雕像、兩頭互相擁抱的大象的雕刻……

我真不明白，ＭＰ的成員為何要這麼費工夫來欣賞畫跟雕像呢？

『裡面有個人我認識。』創也小聲地說。『頭髮抹髮油、穿著深藍色西裝、個子很高的男人——我不知道他的名字，不過他就是這家南T店的店長。』

我看向創也所說的男人，那個男人站在離ＭＰ成員約一步遠的距離。

『栗井榮太是哪一個？』我問。

創也沒有回答，只是一直盯著他們看。我也只好跟著看。

年齡、性別、體型，個個都不一樣，只是……創也搖搖頭。

我也這麼想。栗井榮太沒在裡面。

傳說中的遊戲創作者，那麼有吸引力的一個人，當然不可能在裡面。

呼……我大大嘆了一口氣。與栗井榮太見面——這個目的宣告失敗！

創也往上推推他的眼鏡，開始現況分析。『這裡是打烊後的百貨公司，我們不僅要躲避警衛，還有鬼要抓我們。想要離開百貨公司，又因為裝有紅外線警報器，所以我們不能直接開門走出去。如果被抓到一切就Game over了，而且一旦Game over，在外面迎接我們的就是非法入侵所帶來的懲罰遊戲。』

聽完後，我除了嘆息還是只能嘆息。

『有沒有方法離開？』

『……』

創也無言。

我又嘆了一口氣。又來了，這個做事觀前不顧後的傢伙……

『總之，我們先到一樓吧！』創也說。

『去了一樓，會不會發生什麼事？』我問。

創也聳聳肩，『這時候就只有天知道了。』

唉……已經嘆到無氣可嘆的我，不發一語地朝樓梯的方向前進。

11 SUN 02：33 七樓↓一樓

『喂！等一下』我回過頭叫住創也。

『幹嘛？』創也問。

我接著說：『鬼剛剛設的陷阱應該還在原地，放著滅火器倒在那裡不管的話，不是很危險嗎？所以在我們要到一樓去之前，先把它整理一下吧！』

創也看著我，眼神中充滿敬佩。『你做事真細心耶！內人。』

『我奶奶常說：「做事不能虎頭蛇尾」。』我有點得意地說。

不過，一到那裡，眼前的景象卻讓我們心頭一沉——滅火器和網子全都被整齊地放好了。是誰整理的呢？

創也看著手錶說：『警衛要到凌晨兩點才會巡邏，所以這是鬼整理的。』

這次換我感到佩服。原來鬼做事也挺細心的。

創也把手放在下巴下，似乎在想些什麼。『……剛才，鬼並沒有上來八樓。』

我點頭。

『還真是不可思議。我認為鬼是為了整理這些東西，所以才沒來八樓。』創也喃喃自語，彷彿在說給自己聽。

我決定沉默，不打斷創也。

『那鬼為什麼要整理東西？因為他做事很細心嗎？雖然不是絕對不可能，但可能性接近零。』

我的想法徹底被否定。

『我們不得不去猜測鬼的想法。直接把東西丟著不管，會給百貨公司帶來困擾，所以鬼才要整理乾淨……』

『這不是很奇怪嗎？』我反問。『鬼和警衛打在一起時，你不是說鬼不是百貨公司的員工嗎？這樣很矛盾耶！』

『不是百貨公司員工這一點絕對錯不了，同時鬼不想給百貨公司帶來困擾也是事實……』創也又陷入深思。

我忍不住提供意見給他。『你有沒有想過，搞不好鬼也是由嚴厲的奶奶教育長大的？』

只不過這句話果然被創也當成耳邊風了。

這個鬼既然不是百貨公司的員工，卻又不想帶給百貨公司困擾——百思不得其解之下，我們緩步走下樓梯。

有個警衛倒在三樓。

警衛的呼吸和脈搏都很正常，應該是被鬼俐落地解決掉的吧？

我和創也在旁邊找到一個紙箱，把它攤開像蓋棉被一樣蓋在警衛身上。要是感冒就糟糕囉！

我們終於到達一樓，那兒沒有一盞燈是開著的。

我們朝著逃生門前進。

一盞寫著『逃生門』的逃生警示燈；一扇綠色的、沒有上鎖的門。只要往前推開就可以出去……

可是……我在門前的柱子上發現了一個個的小洞，這些小洞呈垂直排列，每個間隔二十公分。

那是紅外線警報器。

只要我們把門打開走出外面，就會觸動警報器。

『怎麼辦？』我問。

『到警衛室去看看。那裡應該有專門管理防盜系統的電腦，我們來試試能不能解除紅外線警報器吧！』創也輕快地說。

『辦得到嗎？』

『不試試看怎麼知道？』

這種時候我就覺得創也很可靠。

我們走向警衛室。雖然店內地圖並沒有標示出警衛室的位置，但是創也卻毫不遲疑地繼續走，感覺就好像早已經知道警衛室在哪了。

『警衛室和辦公室，通常都會設在廁所旁邊。』

『你怎麼知道？』

『以前奶奶教我的。』創也淡淡地說。

原來如此……

不管創也有多排斥，身為龍王集團繼承人這一點是不變的事實。企業管理、領袖理論這類學校學不到的東西，創也卻非學不可。

我終於能了解，為什麼創也懂得那麼多。

廁所前的走廊直走到底，有扇門上寫著：『非工作人員請勿進入』，然後創也毫不猶豫地推開門。

門後是一條單調的走廊，還可以看見辦公室與警衛室緊連在一起。

創也把手伸向門把，想打開警衛室的門，見狀我趕緊阻止他。

『你在想什麼？創也！』我小聲地喝斥他，『說不定裡面會有警衛！』

這時，創也才一副恍然大悟的模樣，輕拍自己的手。

不行……現在創也滿腦子就只想著要解除紅外線警報器，其他的事情一概沒有考慮到。

我從創也的背包裡拿出保溫瓶，把杯口緊貼著警衛室的門，然後把耳朵靠在杯子上。

『……』什麼都沒聽到，就連說話聲也沒，甚至任何細微的聲音都沒聽見。

我輕輕轉動門把，看著警衛室的燈光從門縫漸漸地流淌在陰暗的走廊上。

警衛室不大，連窗戶都沒有，牆上完全被機器所淹沒，給人一種過於擁擠的感覺。

正前方的那面牆上，全是監視器用的螢幕，縱向五排、橫向七排。

明亮的室內，有一張桌子及三張椅子，其中還有個警衛趴在桌上睡覺。

『太好了，警衛在打瞌睡。』我說。

創也搖頭表示否定，用手指著警衛的後頸處，原來那裡有塊瘀青。『被打昏的吧？只打一下就讓人昏迷，那麼手的力道要很強才行。』

『是被鬼打的？』

『應該是。』創也答。

『萬一他醒來的話，就讓他喝這個。』創也說完就把保溫瓶交給我。

這裡面裝的可是放了安眠藥的紅茶……

創也在其中一台機器前坐下來。看著螢幕一會兒後，創也把手伸向電腦桌。

我不打擾創也，只是一個人靜靜打量著警衛室。

牆上掛著白板，用來記錄這個月百貨公司的活動，譬如『四樓大特賣』、『六樓盤點』或『消防設施檢查』等等，寫著許多細微的雜事，但其中有一項吸引住我的目光——今天……不對，已經過了十二點，所以是昨天的日期的地方，畫著一顆小小的栗子，而栗子圖的旁邊有一排『24：30～27：30』的字樣。

這是……

此時，從我身後傳來一聲『不行……』，聲音是創也發出來的。

我走到創也旁邊注視著電腦螢幕。

『防盜系統的程式，被重新改寫了。』

……我聽不懂。

『防盜系統通常是由保全公司管理，可是這個系統程式被改寫過，不只保全公司，就連百貨公司也能共同管理。而要解除紅外線警報器……』

創也按下『Enter』鍵，螢幕上便出現一個白色長方形的框框。

『一定要輸入密碼才能解除。』

白色長方形框框在螢幕上一閃一閃的，彷彿在嘲笑我們。

『不知道密碼嗎？』

『不知道。』創也說。

『要試著輸入密碼也行，但是一旦輸入的密碼錯誤的話，你想會發生什麼事？』

這麼一說，我不禁聯想到，提款卡的密碼只要連錯三次，就不能使用了……

『百貨公司的店長不是在這裡嗎？他一定知道密碼，去問問他如何？』

『……你在開玩笑吧？』
『我隨便說說而已。』
創也回敬我一個可怕的眼神。
我把創也帶到白板前。『創也，你看！』
我指著栗子圖及旁邊的那排文字『２４：３０～２７：３０』。『這是不是指ＭＰ那群人？』
創也看著手錶說：『ＭＰ來百貨公司的時間，確實是在凌晨十二點三十分。那麼，「２７：３０」就是代表他們離開的時間。』
『現在幾點？』
『凌晨三點零六分。』
也就是『２７：０６』。
『ＭＰ離開百貨公司時，紅外線警報器會暫時解除。要重新啟動，就非得再輸入密碼一次，所以會產生一小段空檔。在那個空檔裡，我們也可以趁機逃出去……』我說。
聽我這麼說，創也對我豎起大拇指。
很好，終於想到脫逃的方法了。
『唯一要注意的是，千萬不要被卓也逮到。』創也說。
我聽了相當驚訝。『卓也？為什麼突然提到他？』
『事實上，卓也就是鬼。』

『……』

我的腦中浮現『鬼＝卓也』，但這令我難以相信。

創也看出我的疑惑，開始解釋給我聽。『既不是百貨公司的員工，又不想給百貨公司添麻煩，能符合以上條件的人是誰，你自己想想看。』

鬼把警衛打昏，而且又沒有跟ＭＰ一起行動，從以上這幾件事看來，可以確定鬼不是百貨公司的員工。但是，他又收拾我們設下的陷阱，不想給百貨公司添麻煩，他究竟為什麼要這麼做？

『這些條件卓也都符合嗎？』我問。

創也點點頭。『卓也不是龍王百貨公司的員工，不過他是龍王集團的一員，所以他不會給百貨公司添麻煩。』

原來如此……

『而且，之前你也在場，栗子廣告播出的那天，卓也剛好不在。仔細回想看看，每當廣告播出的那個晚上，卓也都不在。』

也就是說，卓也是來百貨公司的嗎？我要好好想想。

如果鬼真的是卓也的話，要一拳就打昏警衛，那簡直再簡單不過了。

第一次跟鬼面對面時，他就伸手要抓我們，那時候的恐怖感——如果鬼是卓也的話，這就很容易理解了，畢竟卓也可是個能跟電視台警衛大打出手的狠角色。

『那，鬼……我是說卓也，半夜來百貨公司要做什麼？』我問。

創也只是不懷好意地笑一笑。『不知道。想知道的話直接問他啊！』

『……』

我沒那個勇氣，膽敢手無寸鐵地闖入獅子的籠子裡。

『總之，既然我們知道卓也就是鬼，就更不能被他抓到，一旦被抓到……』創也嚥下一口口水。『就會有最嚴厲的懲罰等著我們。』

我也點頭贊成。

人類對於未知的人、事、物感到恐懼，但是現在已經了解到鬼的真面目，卻是更加恐懼。

啊……

12 SUN 03：21 一樓

我和創也來到一樓的休息區。

我們在休息區旁邊的柱子陰暗處躲了起來，就是一樓中央直通三樓的天井區邊緣。在這裡不但看得到電梯，也看得到職員出入口的走廊，旁邊還有公共電話——不過這好像不太重要。

『凌晨三點半，ＭＰ那些人下來之後，店長會解除警報器，到時ＭＰ的成員就會從職員出入口離開百貨公司。等店長再次啟動警報器的空檔，我們就立刻從逃生門離開——非常完美的計畫。』創也說。

『你又在做什麼？』創也問。

我沒說話，只是將我正在做的塑膠繩給他看。那是我用百貨公司正門擺著的雨傘套編成的一條繩子。

『為什麼要做這個？』創也問。

『有備無患啊！』我冷淡地回答。

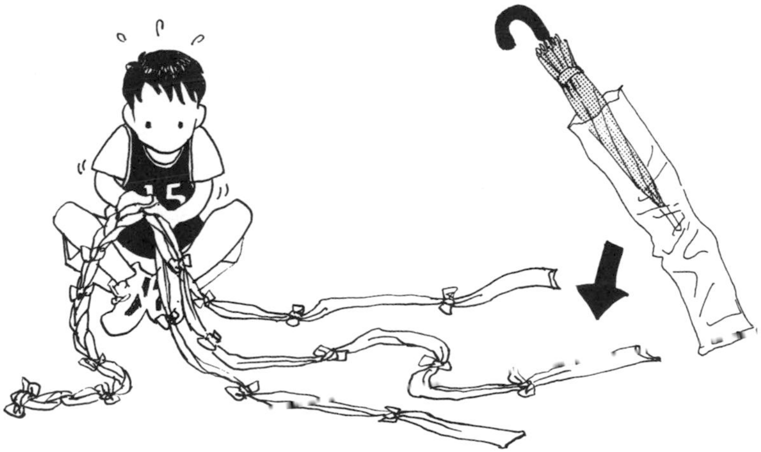

情況不算壞，就剩下紅外線警報器解除的瞬間，逃出去就可以了。但是，我卻有股不祥的預感。

此時，電梯動了，從八樓到七樓、六樓，一樓樓向下。

電梯竟然沒有停在七樓！

這……『是鬼！』

我和創也立刻站起來，拿起編到一半的繩子往樓梯的方向跑，一口氣跑上三樓。

從三樓天井的地方往下看，看到鬼走出電梯。我們怕被發現，因此盡量讓身體靠近地板。

鬼看看四周，然後躲在我們剛剛躲的那個地方。黑暗中雖然看不太清楚，不過那魁梧的身材的確是卓也沒錯。

卓也完全進入工作模式，即使在黑暗中我們仍能感到他渾身散發出的殺氣，就連在這麼遠的地方看還是會害怕。

這就是認真工作中的卓也……

後來我和創也不直接稱他卓也，都叫他鬼，因為用鬼這個稱呼比較不會感到害怕。（儘管笑吧！我們的確在逃避現實。）

鬼一動也不動地站在黑暗中。

『他在做什麼……』我問。

『很簡單，鬼已經算好了，他什麼都不必做，只要埋伏在一樓，等我們一出現就能立刻抓住我們。』

原來如此。

『我們不能從其他的逃生門逃出去嗎？』我問。

只見創也搖頭。『不行，剛剛我們也在警衛室看到了，紅外線警報器解除的地方就只有一樓而已。卓也……不是，鬼也知道這一點，所以才會在一樓等。』

也就是說，我們死定了。糟糕……

『創也，現在幾點？』

『凌晨三點二十五分……五分鐘之後ＭＰ就會下樓。』

『……』

沒時間了……我緊張得猛咬著手指甲。

『……創也，能不能想個辦法，把鬼叫來這裡？』

只要大聲叫，就能辦得到，可是一這麼做的話，昏倒在三樓的警衛也會被叫醒。

『只是把鬼叫來這裡的話，那很簡單。』創也說。『打個電話就行了。』然後創也從他的背包中拿出手機。

『你要打到卓也的手機嗎？』我問。

『那麼危險的事，我才不做。我打的是那個。』創也伸手指向鬼旁邊的公共電話。

為什麼創也會知道公共電話的號碼？為了避免被當成犯罪的工具，公共電話的號碼是不會公布

出來的。

『就算沒有公布給一般民眾，電信公司還是會讓百貨公司知道，因此警衛室的牆上貼有百貨公司裡所有公共電話的號碼。』

『……你全部背起來了？』

『這比背全班同學的電話號碼簡單多了。』

創也的口氣聽不出一絲得意，他果然是個厲害的角色。

『把鬼叫來之後要做什麼？』創也問。

此時，電梯再度啟動。樓層表示燈停在七樓的位置，看來ＭＰ的成員即將下樓。

我趕緊跟創也說：『沒時間解釋了，趕快打電話。』

創也拿起手機正要撥號。

『等等，先用這個……』我從創也背包裡拿出氦氣噴霧，讓創也吸一口。

『這是什麼？』創也的聲音此時變得跟鴨叫一樣。

我也吸一口氦氣。

『聲音一旦被認出來，卓也……我是說鬼，不就知道是我們？』我也用鴨子聲回答。

然後我們帶上大鼻子眼鏡，靠著旁邊的扶手，創也則拿著手機開始撥號。

鈴！鈴！鈴！一樓的公共電話鈴聲突然大作，看得出來鬼被嚇了一跳。

左右看看之後，鬼接起電話。

『鬼先生，這邊，我們在這邊……』創也對著電話說。

拿著話筒，鬼的目光四處掃射，然後抬起頭來往我們的方向看。

黑暗中我們看不到鬼的表情，可是總覺得他似乎在微笑，陰險的微笑。

電梯的樓層指示燈開始動起來，從七樓到六樓、五樓……

鬼掛上電話，準備搭另一部電梯上來。

『這樣做真的好嗎？』創也用鴨子般的聲音問。

我沒說話，只是豎起了大拇指。

之後，關鍵在於時間的掌控！

電梯到達一樓，門打開的聲音傳來。

ＭＰ的成員走出電梯後，一樓的電燈瞬間打開。

同時，鬼也到了三樓。

現在，每一秒都是關鍵……

鬼站在黑暗中，我和創也則背靠著天井區的扶手。

『創也，你往左靠一點……』我發出小小的鴨叫對創也說。

ＭＰ在一樓走動的腳步聲傳進我們的耳中。

『你打算怎麼做？』鴨子創也問。

鬼往我們靠近一步。

我回答：『跳下去。』

『……我就知道。』創也邊說，還伴隨著一聲嘆息，原來他早已把傘套做成的塑膠繩綁在扶手上。

我看著鬼的方向，邊將繩子緊緊纏繞在我和創也的身上，一邊用兩手用力抓緊繩子的另一端，然後一面仔細聽著樓下的動靜。

『小心一點……』遠遠傳來店長細微的說話聲和職員出入口的開門聲。

紅外線警報器目前是解除狀態。

鬼又朝我們的方向前進一步。

接著，店長的腳步聲，朝警衛室的方向過去。

趁現在！

我和創也迅速越過扶手往下跳，被繩子纏繞的身體，此刻就像陀螺一樣，咕嚕咕嚕地往下滾。

不過大約降到一半時，繩子已經不夠長了，我的兩隻手腕受到了強烈的衝擊。

現在我的兩隻手緊抓住繩子，而創也則是兩手攀住我的肩膀，緊緊抱著我。距離一樓地面，大約還有五公尺高。

『從這個高度跳下去，不會受傷。』

我兩手放開繩子。

『碰！乓！』一陣突兀的聲音響起，我們掉在紙箱上。

箱子裡顏色繽紛的氣球飛了起來，有好幾顆氣球被壓破，不過都什麼時候了，就別計較那麼多。

我和創也趕緊從紙箱中爬起來，豎起耳朵仔細聽。

……還好，剛剛氣球的爆裂聲，沒有被店長聽到。

我們立即奔向逃生門。

紅外線警報器應該還沒有啟動，不過沒辦法證明這點，我們沒有多餘的時間猶豫了！

我們就像游泳選手即將抵達終點時一樣，伸出雙臂打開門，夜晚涼涼的空氣就這樣進到我們的肺裡。

跑出狹窄的小巷，來到大馬路上，我們左右看看，馬路上並沒有警車追來的聲音。

回頭一看……好險，百貨公司方面也沒有人追來。

『……終於Game over了。』我的聲音總算回復平常。

『是Game clear才對。』創也笑著說。

『好……』我伸了個大懶腰，看一眼創也的手錶說：『距離第一班公車還有一段時間。』

創也也伸了個懶腰，『不然我們用跑的回去城堡，怎樣？』

對不是走肌肉男路線的創也說出的這句話，我還真是有點嚇到了。

『也好……』

我抬頭看著夜空。天上的月亮還高高掛在天空上，看樣子還沒有那麼快天亮。

『跑三個小時的話，應該就會到城堡……』

嗯，忍不住想要跑步。

我兩手扠腰，開始做暖身動作。

『準備好了嗎？』我問。

創也在一旁點頭。我們兩個人的影子，長長的映照在地上。

『預備，開始！』

黎明前，我們就在這個城市裡跑著，響亮的腳步聲迴盪在雨後的夜空。

13 WED 15：24 城堡裡

從百貨公司回到城堡之後，我和創也徹底睡死。

等我想起星期一要考試時，已經是我從城堡回到家、吃過晚飯、洗完澡、上床睡覺之後了……

啊……

從棉被裡爬起來，我惺忪的睡眼死命地盯著教科書。現在只好勉強死背重點，總之盡我所能為明天的考試努力。

對，努力！人最重要的就是要努力！

這不是隨便說說的。實際上邊跟睡魔對抗、邊努力唸書的我，這次考試竟然考贏創也！所以只要你願意就能做到！對任何事都要努力！

——我作了這個夢……

夢跟現實是相反的，當我明白這只是一場好夢時，我感到前所未有的恐懼。

到底從哪裡開始才是夢……

考試的那三天，我究竟是如何度過的，就交給你去想像吧！

當我在考卷上寫出最後一題的答案（還是勉強瞎掰了幾個字寫上去），我已經燃燒殆盡——連殘骸都不是，只是白色的灰燼。

白色的灰燼往城堡走去。

今天不用去補習班，我打算用好喝的紅茶來撫慰我疲憊的身心。跟往常一樣，卓也的車停在馬路邊。

我在小巷的入口停下腳步，卓也則把視線從工作情報誌移到我身上。

我跟他打過招呼後，走進小巷。

打開城堡的門，創也依然對著電腦。

我知道就算問創也『考試考得怎樣？』也是白問，因為他的答案一定是『別問這麼無聊的問題』。所以，我對著創也的背問：『你在做什麼？』

『……』

沒有回答。完全無視我的存在。

我將水壺裝水之後，放上可攜式瓦斯爐。

老實說我比較想叫創也來泡，可是他在忙就算了。

然後我準備了兩個杯子……我真是個好人。

我將泡好的紅茶放在創也桌上。這時，我看了一眼電腦螢幕，但映入我眼簾的竟然是那幅跳芭蕾舞的女孩的畫。

『咦？這幅畫……』

『沒錯，就是那天晚上ＭＰ成員們看的畫。』創也說著，眼睛仍舊盯著螢幕。

『我終於查到所有展示的美術作品的資料。』

『所有……你是指全部嗎？』

『據我所知，我們所共通的語言中，「所有」就是「全部」的意思。』

創也話中帶刺，又在挖苦我了。

話說回來，之前百貨公司展示的美術作品，大約有十到二十件吧！難道創也全部都記下來了嗎？

『你真猛……最近明明就是大考耶！』

『是啊！正好讓我轉換一下心情。』

……把考試當成是轉換心情？這傢伙實在太可惡了！

創也移動滑鼠，一個一個打開視窗。『這樣一來，才是真的Game clear。』

創也拿著茶杯站起來，坐在沙發上，我也端著杯子坐在創也旁邊。

『謝謝你的紅茶。』端起杯子喝了一口紅茶後，創也這麼對我說。

竟然跟我道謝？看來創也的心情很好……如果他能一直這麼坦率的話，朋友一定會更多。

『為了表達我的謝意，我來泡杯更好喝的紅茶給你喝。』說完創也便拿著空杯站起來。

虧我才覺得他坦率……我看他是因為坦率才交不到朋友吧……

不過創也泡的紅茶，老實說真的比我泡的好喝。

『你為什麼要去查ＭＰ欣賞的那些美術作品？』我問。

創也的頭微微傾斜。『你不覺得很不可思議嗎？深夜的百貨公司為什麼要展示美術作品？而專程去看的ＭＰ成員，又是在做什麼？我們唯一知道的就是，鬼的真面目是卓也。』創也又喝了口紅茶。『這些問題一直困擾著我。』

『嗯……』

『你一點都不介意嗎？』創也問。

我老實地點頭。

能夠平安無事地回來不就好了？而且，百貨公司被我們弄得一團亂，但是隔天還是正常營業，看來鬼——也就是卓也，應該已經替我們好好地收拾善後了。不要想太多，平安無事最好。

『你應該可以長命百歲……』創也閉上眼睛，發自內心地說。

這是稱讚嗎？唉……算了。

我喝了一口紅茶。

創也拿起桌上幾張從印表機印出來的紙。

『這是什麼？』

『這三天來我所調查的報告書。』

Ａ４大小的紙上，印滿密密麻麻的字。

說真的，今天才剛考完試，並不適合看這些資料。

大概是知道我的想法，創也嘆了一口氣，開始為我解說。『你先看看這些圖片。』

創也把資料中的照片翻給我看，上面有跳芭蕾舞的女孩的畫、飛到空中的巨大岩石的畫、花瓶裡插著一朵玫瑰花的畫、拿著一顆蘋果的手的雕像、兩頭互相擁抱的大象的雕刻——那天晚上，MP所欣賞的藝術品全都印在紙上。

『這是近幾年來被偷的藝術品的一覽表。很辛苦耶！我進入許多非公開的網站搜尋一堆資料，才過濾出這些情報……光是找這些東西，就花了我不少時間。』

創也邊說，還混雜著一聲嘆息，然後不經意地看著我。

我滿心佩服地對他說：『創也，你好厲害喔！』

聽我這麼說，創也的鼻翼微微鼓起，大概很開心吧！然後……

『你知道「TOKUSYOUKAI」嗎？』創也話題一轉，問起別的事。

『知道啊！DJ在播放音樂之前，會先介紹歌名跟歌手。』

『那是「KYOKUSYOUKAI」……』（漢字寫成『曲紹介』，指的是歌曲的介紹。）

哎呀，真可惜，只差一個音而已……

創也帶著認真的神情說：『我說的是，特招會——特別招待會。』

特別招待會……那是什麼東西？

『百貨公司的公關部以VIP為主要對象，舉行特賣會販賣美術作品等等。』創也說。

VIP……一個跟我無緣的世界。

『所以MP那些人全是VIP囉？』我問。只見創也點點頭。

難怪，MP的成員看起來都是一副有錢人的樣子。

『只是那天晚上的特招會是祕密舉行的——因為展示出來的美術作品全部是贓物，所以才會選在深夜展出。』

『那栗子廣告又有什麼意思呢？』

『那是給MP成員的信號，只要播出栗子廣告，就表示那天晚上有祕密的特招會。因為展示的是被偷的美術作品，所以當然不能公開地打電話或寄信通知。』

說得有道理！

『卓也是去調查祕密特招會的事嗎？』

我的疑問再次得到肯定。

『祕密特招會已經舉辦過好幾次，所以「龍王百貨南T店祕密展出被偷的美術作品」——這樣的傳言漸漸流出。不對，即使沒有那樣的流言，光是那支栗子廣告，也讓龍王集團的高層起了疑心。』

『為什麼不交給警方處理？』

『道理很簡單。一旦通報警方，一定會引起一陣大騷動，因此傷害到龍王集團的形象，所以才會派卓也暗中調查。』

放下茶杯，創也蹺起二郎腿。『奶奶跟媽媽——龍王集團的高層，在聽完卓也的報告之後，會

採取什麼手段呢？我很期待。』

聽到創也這麼說，我突然覺得有點可悲。該怎麼說呢……創也雖然近在眼前，我卻覺得和他之間的距離好遙遠。

『創也……』我試著說點什麼。為了拉近跟創也的距離，我決定說些話，可是我一句話都說不出口。

『沒差，龍王集團要採取什麼手段，都跟我沒關係。』創也微笑著說。

我這才鬆了一口氣。這時創也的笑臉，跟平常的他沒兩樣：毒舌派、成績優秀、一副看不起別人的態度——不過，他是我的同班同學，國中二年級的創也。

我喝了一口紅茶。雖然冷掉了，但我心裡卻覺得暖呼呼的。

『喂，創也……』我問了心裡最介意的一件事。『卓也知不知道那天在百貨公司的人是我們？』

『我覺得他不知道。那麼暗，而且我們有噴氨氣噴霧變聲……』創也的聲音聽來好像有些發抖。

『也是啦！那麼暗他不可能知道是我們。』冷汗順著我的臉頰流下。

總覺得，城堡裡的氣氛開始凝重起來……

番外篇——：——城堡裡

『還有一件事我不懂……』我問創也。『栗子廣告跟栗井榮太所創作的角色扮演遊戲有什麼關係嗎？』

『……』

創也沒有回答，裝作一副認真在看雜誌的樣子。

『如果廣告跟栗井榮太沒有關連，那我們當初幹嘛半夜闖進百貨公司？』

『……』

創也一樣在看雜誌。但很明顯地，他在逃避我的眼神。

『我們該不會是在做白工吧？』

『……太愛計較，小心活不長喔！』

創也站起來，轉身坐在電腦前。他背對著我，就表示拒絕與我對話。

我把創也丟下的雜誌拿起來看。

那本雜誌叫作《百貨公司管理月刊》，打開的那一頁有一則標題為『龍王百貨公司南T店店長，發現多件被盜美術品』的報導，還有一些美術作品的照片，跟那天晚上看到的一樣。

面對採訪，店長這樣回答：

真令我驚訝。我們一向都是跟國外的賣家交易，沒想到竟然會是贓物……說不定之前賣出去的美術作品裡也有贓物，我們會一一進行調查，一旦發現是贓物，馬上會將它買回來。

原來是這樣。

龍王集團採取的立場是，整個集團都跟犯罪毫無牽扯，企圖避開這場風暴。

看完整篇報導之後，我才知道原來在不知情的情況下，很容易買到贓物。

此時，我突然想到一個問題——

為什麼店長要用栗子廣告當作特招會的信號？難道他很喜歡栗子嗎？

結果，我看到答案了——

店長的照片下寫著『栗田店長』的字樣。

原來……

休息時間

帶我到
音樂教室吧

站穩腳步，達夫蓄勢待發。『來吧！小明！』

『讓你嚐嚐我魔球的厲害！』投手小明舉起左腳，以他個人獨特的姿勢投出第一球。

『鏘！』伴隨著清脆的打擊聲，打成一個平飛球。

『外野手，快回防！』小明大叫著。

一邊看著球飛的方向，外野手洋次後退再後退。

可是……球碰到莫札特的肖像，『碰』的一聲反彈回來。

『太好了！滿壘全壘打！』達夫甩動手上的球棒（其實是中音直笛），興奮地說。

『可惡！』洋次撿起球（其實是用透明膠帶固定住揉成一團的圖畫紙），狠狠地扔到地上。

『我的魔球竟然被打中……』小明失望地雙腳往地上一跪，陪伴在他身後的，是一輪又圓又大的夕陽。

我先稍微說明一下概況：時間是第五節課，地點是在學校三樓的音樂教室。

達夫他們現在在玩『棒球之音樂教室版』，是一種依據特別規則進行的棒球比賽。

所謂『棒球之音樂教室版』，每個學校都有屬於自己的特別規則，我就針對我們學校的規則來做說明。

首先是道具的部分，不使用棒球手套。理由很簡單，畢竟上音樂課還帶棒球手套，說不過去吧？

球棒用中音直笛代替，接縫處就用膠帶綑起來，以免打擊時整個散掉。

球是用圖畫紙做的。圖畫紙有規定，一定是要從回收箱撿起來的（拿新的來做很浪費），然後盡量把紙團揉得跟球一樣圓，最後用透明膠帶固定起來。如果一次大量使用教室的透明膠帶，會被老師懷疑，所以我們需要花一個禮拜的時間，完成所有道具。

球場的內、外野，就位於音樂教室的後半部分，而這裡通常是合奏或合唱時才用得到的地方。我們並沒有畫線標示場地確切的範圍，因為一旦畫了，就會被老師發現，所以沒有設一壘跟二壘。

如何判定分數？這就完全取決於音樂教室牆上掛的音樂家肖像。

教室靠近天花板附近，掛著許多音樂家的肖像，會掛這麼高，是要防止學生在肖像上亂畫。

但是，為什麼音樂教室裡要掛音樂家的肖像？這跟美術教室掛畢卡索及達利的肖像、理化教室掛愛因斯坦跟霍金的肖像，是一樣的道理。

規則差不多介紹完了，以下附上打擊的判定表。

巴哈：一分全壘打
韓德爾：兩分全壘打
海頓：三分全壘打
莫札特：滿壘全壘打

貝多芬：一壘安打
舒伯特：二壘安打
布拉姆斯：三壘安打
李斯特：出局
華格納：出局
羅西尼：雙殺
約翰史特勞斯：雙殺
山田耕作：三殺（若是打中額頭判輸，比賽結束）
宮城道雄：三殺（若是打中額頭判輸，比賽結束）
瀧廉太郎：三殺（若是打中眼鏡判贏，比賽結束）

也就是說，打到巴哈的肖像是一分全壘打，可得一分。但比較麻煩的是壘上有跑者的時候。在滿壘的情況下打中巴哈的肖像，因為是一分全壘打，所以還是只能算得一分而已。

打到肖像之外的地方，一律算出局。

打出去的球直接被接到的話，這局就算結束，換對方打。

音樂老師還沒進教室前，大家為了爭取時間玩遊戲，在制定規則時下了不少工夫。

一隊共有兩人。為什麼只有兩個人？因為是從沙灘排球學來的。

達夫和和夫一組，隊名是『Lockers』，小明和洋次的隊名為『勝利在我』。

順帶一提，我和創也的隊名叫『南北』，不過創也對棒球沒什麼興趣，所以我們幾乎沒有跟其他隊比賽過。

隊伍排名上，我們這隊『南北』永遠是最後一名，比賽次數跟勝利次數都很少，不過也沒辦法啦……

今天是『Lockers』和『勝利在我』第四次交戰。

最近女球迷越來越多，『棒球之音樂教室版』也越打越熱。

『很好，繼續得點！』

達夫將手中的球棒……不，直笛交給和夫。

『第二位打者——和夫，座號十三號。』擔任女播報員的合唱團員——竹本，用她美妙的聲音說。

和夫將直笛扛在肩上，蓄勢待發。

『「Lockers」目前得分四分，打者是和夫。』坐在『轉播台』上的是廣播社的博司，為大家轉播現場實況。『和夫選手最近打擊率已經破八成，開幕九場比賽以來，全壘打數為十六支，狀況相當好。請問球評山本卓先生……』

坐在隔壁的是棒球隊的山本卓，負責擔任球評。

『……和夫選手的狀況良好，是有什麼祕訣嗎？』
『是的，關於這個問題，』小卓裝模作樣地回答，『他和女友倉田小姐感情很好，這應該有相當大的關係。』
小卓的解說完全跟棒球技術無關。至於他所提到的倉田，此刻正為和夫聲援。
『和夫，加油！』倉田一說完，女生群中響起一陣歡呼。
和夫像是很開心的樣子，揮手示意。
和夫真是個低級的傢伙，一有女生為他加油，臉上就露出一副得意洋洋的表情。
此時，我在歡呼的女生群中看到堀越美晴。堀越也在觀看比賽，臉上還帶著笑容。
『……』
我站起來走到創也的座位說：『怎樣？也該輪到我們「南北」上場比賽了吧？』
說完，創也看了我一眼。『我雖然喜歡棒球，但是討厭自己親自下場打。』
『……』
『而且，我知道你只是為了女生們的歡呼才想打球。你的動機不單純，我才不配合。』
是嗎？不單純嗎？
我覺得，對國二男生來說，想得到女孩子的歡呼而有所行動，這種動機相當單純啊！
不過就算我繼續說，創也也不會理我的。我只好放棄，回到自己的座位。
已經從達夫打出滿壘全壘打的打擊中站起來的小明大喊，『再來嚐嚐我的新魔球！打得到的話，盡量打！』

小明只用食指跟小拇指夾住球，並將這種獨特的握法給和夫看。

『哦……新魔球宣言！真不愧是人稱「魔球雜貨店」的投手小明，馬上又開發出新魔球啦！』

『各位請注意，這種握法，球投出去後會有什麼變化，完全無法預測啊！』

實況轉播及解說員興奮的聲音，在教室裡回響。

『我要投囉！』

球從小明的手中投出。

球在打者的面前落下。

和夫沒有錯過這個變化，『乒』一聲，打出去的球以彎曲的角度飛向黑板，然後碰倒了老師放在桌上的茶壺，茶壺瞬間從桌上掉下來。

『哇、哇、哇、哇、哇！』腳程非常快的洋次，在茶壺落地之前，以滑壘的方式接住茶壺。

這麼認真玩遊戲的洋次，我還是第一次見到。

洋次站起來，手高舉著茶壺。

『哇……』全班同學紛紛為洋次歡呼鼓掌。

就在此時，茶壺卻『啪』的一聲裂成四片。

『……』

有一瞬間時間像是靜止了。

『上課了！學生的本分就是要唸好書。』廣播社的博司說話了，跟之前播報比賽的語氣截然不同。

博司說完後，時間才繼續走，頓時大家都回到自己學生的本分。

『等、等一下！』

這時只剩下『Lockers』和『勝利在我』兩隊人馬呆站在原地，大家都不想跟這兩隊的人扯上關係。

破掉的茶壺是音樂老師帶來學校，一直放在講桌上的。那茶壺是老師去中國旅行時買的，聽說滿值錢的。

『還有六分鐘音樂老師就要來了……』博司邊看手錶說。

我們班的音樂老師姓棚橋，三十六歲，未婚。我們給他取了『不理』這個綽號——以下會說明原因。

簡單地說，他是個邋遢的男老師。老師的辦公室和音樂教室的桌子上都堆滿他個人的雜物，桌子下面也因為堆太多東西，連椅子都靠不攏。

這就算了，他最常掛在嘴邊的一句話是：『音樂是一門藝術，為了鑑賞藝術，整齊的環境是必要的。』他更常藉此呼籲我們要徹底維護環境整齊。

典型的『嚴以律人，寬以待己』的老師。

而且他很愛說話，不管是跟課堂有關或無關，反正他就是能一個人不停地說。

我覺得，與其說他是熱心教育，倒不如說他喜歡說話、愛出風頭。尤其是家長日或是開放其他老師觀摩的觀摩教學，他的情緒會更high，就連平常上課不會做的事，他也會突然安排，盡力賣弄自己。（真希望他也來感受一下台下學生的心情……）

之前的觀摩教學，老師突然在上課前放了一首號稱能放鬆心情的曲子。我是不知道是否真有放鬆的效果，但我們聽到只覺得焦慮。

『老師，為什麼只有今天要放這首曲子？』觀摩教學中，達夫諷刺地說。

託達夫的福，從此音樂課正式開始前，我們都被迫要聽這首曲子。（頭好痛……）

毫無疑問的，老師認為自己是個非常熱心的老師，所以他覺得他所做的任何一件事，對學生都有幫助。

主觀意識太強的老師，很難相處……

只知道嚴格要求學生，『不理』自己的缺失；情緒一旦high起來就『不理』其他事——基於這種種理由，他就成了我們口中的『不理』老師。

不理每次上課都會遲到幾分鐘，不過因為個性太隨便而遲到，可是每次下課鐘響之後，一定會慢個十一分鐘才放人，看來他的個性中也有斤斤計較的一面。

『怎麼辦……』洋次捧著茶壺的碎片說，旁邊的達夫、小明、和夫則狼狽地走來走去。

『再五分鐘。』博司說。

此時，我感覺到背後有人。
『內人～』
不用回頭也知道是達夫。
達夫靠近我的耳邊說，『拜託幫幫忙～』
我推開他放在我肩上的手。
『幹嘛？你這什麼態度啊！』達夫的語氣瞬間轉變。
『好，沒關係！那我就老實跟不理說我們在音樂教室打棒球的事情！』
『不行！』除了創也之外，全班男生都站起來，因為男生全部都有組隊玩棒球……
『所以你就好心一點，幫幫忙騙過老師嘛！』達夫奸詐地笑說。
可惡，這傢伙當敵人時會很可怕，當朋友又讓人無法信任。
我認真地想了想。『有沒有人帶三秒膠？』
我問，卻沒有人回答。
我想不會有人上音樂課時還帶三秒膠吧……
『圭介！』我叫住本班的大胃王——圭介。
他的肚子永遠填不飽，所以第二節課下課他就會把中午的便當吃掉，然後中餐就到福利社買麵包，點心則是超商買來的兩個飯糰。
『你應該會帶……』

聽到我這樣說，圭介立刻伸手壓住上衣口袋。

就是那裡！我撥開圭介的手，從口袋拿出飯糰。

『你要幹嘛？內人！』

『分我一點就好了。放心，等一下「達夫他們」會加三倍還你！』

達夫他們這幾個字我說得很快，然後就拆開包裝紙。

飯糰上的飯粒，才是我真正的目標。

超商賣的飯糰，通常是用比較硬的飯粒捏成的，只要把飯粒一顆顆搗碎，就會變成漿糊。

『你打算用這個來黏嗎？』達夫抱怨著。

不過現在不是說這個的時候了。總之，要安然度過這節課！

『還有兩分鐘……』博司的聲音也緊張起來。

我小心翼翼地黏著洋次手中的茶壺碎片。即使一點點小誤差也不允許，因為一旦用力過大，導致

碎片分離那可就慘了。
我的心情像是握著手術刀的怪醫黑傑克。
『來了！』博司說完後，音樂教室裡一片死寂。
根本不用集中注意力聽，我們就可以聽到走廊上老師啪噠啪噠的拖鞋聲。
『大功告成！』
轉眼間，茶壺就跟原來的一模一樣。
洋次把茶壺放回老師桌上，回到自己的座位上。
下一刻，音樂教室的門打開了。
『怎麼回事？今天特別安靜喔！』老師看了我們一眼。
我們只能回以曖昧的微笑。
黑框眼鏡、旁分的髮型、每天都不變的西裝和領帶。
不理按下ＣＤ播放器的電源。『今天一樣先聽聽老樣子，等大家放鬆之後再開始上課吧！』
只要不理一靠近桌上的茶壺，冷汗就從我們身上流下。
教室前方，接近天花板處裝有一個大喇叭，號稱能放鬆心情的音樂，正緩緩從喇叭中流洩出來。
啊，這音樂讓我更焦慮了……尤其是今天，因為集中注意力在茶壺上，無形中我的壓力就堆積了起來。

『啊，整個人都輕鬆起來了呢！』不理閉上眼睛，身體跟著節奏搖擺著。

他的身體越來越接近茶壺，台下的我們緊張地冷汗狂飆。

最後，不理的腰還是撞到了桌子。

拜託，時間停止吧！——我死命地在心裡祈禱，但依然沒有用。

匡啷！桌上的茶壺突然四分五裂開來。

看到四散的茶壺，老師臉都綠了，只剩下『放鬆的音樂』在教室裡飄揚。

『只要誠實認錯，我不是一個不講理的人。』不理帶著笑容看著台下的我們，不過，那是皮笑肉不笑……

『有沒有聽過這個故事？美國總統林肯，當他還是個小孩子時，他把他父親最珍愛的櫻桃樹砍斷了，可是林肯誠實地告訴他父親，櫻桃樹是他砍的。』

『……』

我們都低著頭，聽不理說話。

實際上，這個故事不是在說林肯，而是華盛頓，但是誰都不想糾正老師。（而且這個櫻桃樹的故事是假的，不過知道這點的人大概只有創也吧！）

『林肯的故事告訴我們，人活著就是要誠實，誠實非常重要。』

……明明就是華盛頓。

當不理講得正起勁時，創也突然站起來。

『龍王同學，你要做什麼？』
『我要去理化教室。』
丟下這句話後，創也離開了音樂教室。
理化教室？創也到底在想什麼呢？
不理無法阻止創也，因為創也的態度堂堂正正，反而會讓想阻止他的人，覺得是自己的錯。
不理冷哼一聲後，又回到林肯的故事上。真夠煩人～（明明就不是林肯，是華盛頓啦！）
創也回來了。他手上拿著兩個箱子，箱子上有根U字型的鐵柱。
『你拿的是什麼東西？』老師問。
創也回答道：『音叉。』
創也說完將其中一個音叉放在老師面前，並且敲響自己手上的另一個音叉，結果老師面前的音叉也跟著響。這個實驗我在小學時有做過。
『所有的物質都有各自的振動頻率。』創也說。
包括不理在內，整間教室的人都很安靜地聽創也說話。
『剛剛我敲響手上的音叉，結果老師面前的音叉也發出聲音，這是因為音叉的振動，藉由空氣傳導，傳達到另一個擁有相同振動頻率的音叉上。這叫作共振。』
『你在耍我嗎？』不理有些生氣地說。『理化雖然不是我的專業，不過這點常識我還有。』
『所以你更能明白，』創也拿起茶壺碎片，『茶壺會破掉，跟物質固有的振動頻率有關。』

『你該不是要說茶壺是因為共振而破的吧？』不理冷笑著說。『身為一個教師，非科學的事情我是不會相信的。首先，茶壺是跟什麼聲音產生共振呢？』

這時創也伸手指向ＣＤ。『每節課一開始放的曲子，那首曲子的低頻率音波，和茶壺固有振動的頻率波數是相同的。』

『……』不理沉默不語。

創也仔細地用手帕擦擦茶壺碎片，並且把茶壺拼回原形。

『當然，茶壺也沒有脆弱到只是一次、兩次的共振就振碎的程度。可是，每上一次課就共振一次的話……』

此時茶壺還保持原來的形狀。

『終於在今天，長久的累積使茶壺到達極限，結果……』

創也用食指輕輕碰一下茶壺，茶壺立刻瓦解。

『……結果茶壺就碎了。也就是說，讓茶壺碎掉的是老師所放的「放鬆音樂」，而不是我們班上的任何人。』

說完，全班爆出如雷的歡呼及拍手聲。我也跟著拍手，卻在看到堀越用著熱烈的眼神看創也時，停了下來。

不理還不死心地說：『我才不信哩，一定是你們其中一個人打破的。』

創也大大地嘆了一口氣。『這只是老師個人的主觀意識，就連老師所放的歌曲也是如此。』

『這首曲子哪裡不對？這是我大學同學錄給我的，裡面的聲音是低頻率，是一首特別的曲子。』

創也又再次嘆了一口氣，然後問：『你認為低頻率的聲音對身體好嗎？』

不理用力地點頭。『這是常識。你知道低頻治療器吧？』

『老師，你錯了，聲音恰好相反。高頻率的聲音能讓腦袋獲得休息，有正面的作用，相反地低頻率的聲音會導致肌肉緊張，無法放鬆，對身體有負面的影響。』

是這樣嗎……難怪每次聽這首音樂都會讓我感到更焦慮。

但是，比我們受到更大衝擊的是不理，他整個臉都發青了。

『……可是，我覺得聽完後整個人輕鬆多了。』不理還想反駁。

『即使是麵粉糰，對主觀意識強烈的人來說，也會變成良藥。』創也一針見血地說。

不理再也說不出任何一句話來。

此時，下課鐘聲響起。

不理沉默地走出教室。

『創也！』達夫和和夫他們跑過來，抱住創也的頭。『謝謝你幫了我們一個大忙。』

創也整理一下亂掉的頭髮跟眼鏡，以冷靜地聲音說：『我並沒有特別要幫你們，純粹是因為我自己也被強迫參加棒球比賽。』

創也說完，朝我的方向看了一眼，我趕緊拿起音樂課本遮臉。

『不過，你剛剛的隨機應變真是太棒了，虧你想得出來。』洋次佩服地說。

『剛剛不是在亂講，茶壺因為共振而產生損害是千真萬確的事情。』創也說。『當時洋次在茶壺落地之前就接到茶壺，但茶壺還是破掉了，這就是證據。』

『算了，沒差啦！』達夫拍拍創也的頭。『是你救了我們。』

創也面無表情。

是因為被打頭所以心情不爽嗎？——才不是呢！

我懂創也的心情。因為同學的道謝，使得創也害羞起來。

那天下課後……

我去了城堡，創也還是龜縮在電腦前。

『今天多謝你了。』

『我在學校就說過，我是因為不想被拖下水，所以出張嘴而已。』創也頭也不回地說。

我逕自泡起紅茶來。

『你在查什麼？』

『第五節課的模擬實驗。那時我用音叉做實驗，說服了棚橋老師，而你用飯粒搗碎而成的漿糊黏茶壺。我想查一查相同的事情，其他玩家會用什麼方法解決。』

『……』

這個人的腦袋只有電玩製作……

『話又說回來，像這樣的事情發生時，虛擬實境畢竟戰勝不了現實世界。』

『你覺得很有趣嗎？』我有些驚訝地問。

『還不賴。』創也說著，手不忘敲動鍵盤。

我突然想起一件事。

『啊，對了，我差點忘記，我也應該跟你道謝。謝謝你。』

創也回過頭來看著我。『我不記得做過什麼事值得你道謝……』

『你在老師面前重組茶壺時，你不是裝作若無其事的模樣，用手帕擦碎片嗎？你是在幫我把黏上去的漿糊擦掉吧？』

『……那是因為如果漿糊黏在上面，跟我所說因共振而破裂的論點，會產生矛盾……』

創也答非所問。

但是在看到我微笑的臉後，他沒說話又把注意力轉回電腦螢幕上。

我也坐在沙發上喝紅茶。

時鐘上的長針轉了三圈半。

『啊！煩死了！』創也在鍵盤上拍了一下。

『下次上音樂課時，我們要戰勝「Lockers」，扳回顏面！』創也說著，他的眼睛也在笑。
我從來沒看過創也笑得如此燦爛。

第二部

電玩聖殿

Act1 準備

現在是星期五晚上。

平常的話，今天晚上我就會很興奮，因為星期六、日休假的關係。

但是這次連星期一都放假，是不常有的三連休！所以我的心情更是興奮得無以復加。

更幸運的還在後頭，今天補習班老師臨時有事，所以提早下課。於是我決定去城堡晃一晃，打發時間。

黑色的休旅車，總是停在馬路上固定的位置，而卓也還是跟平常一樣，坐在駕駛座上看工作情報誌。

卓也沒有注意到走在馬路上的我，不過只要我一靠近城堡的小巷，卓也馬上抬起頭看我。

真不愧是卓也……

我跟卓也打過招呼後，進入小巷。

只見創也不知道在忙些什麼，而創也看到我來，也愣了一下，然後他用驚訝的語氣問我。

『奇怪？你今天不是要補習，怎麼會來？』

『補習班老師提早下課。』

『哦……是喔……』創也的回答聽來有些虛弱。

『……要喝紅茶嗎？』創也將水壺放上可攜式瓦斯爐。

『好……』

我觀察著創也的舉動。

奇怪，創也平常泡紅茶的動作很熟練，可是今天卻……紅茶茶葉掉滿桌。以往只用九十八度的水泡茶，今天卻讓水燒開了。還有，茶壺碰撞到茶杯，發出噪音。

要是我這樣的話，創也馬上會誇張地皺眉，表達他的不滿。

『喝吧！』創也將茶杯放在我面前，他的手好像還在微微發抖。

我知道……他一定有事瞞著我。

我雖然這麼想，卻還是裝作不知道，繼續閒聊。

『今天卓也也在城堡外面。』

『嗯。』

創也沒有什麼反應，顯然跟卓也沒有關係。

我立刻換個話題。『對啦，明天開始連休三天耶！』

聽我這麼一說，創也拿著茶杯的手停了一下。

哦，難道他要隱瞞的事，跟連休有關……

『創也，這三天你有什麼計畫？』

『……看書吧！我積了一堆書想看。』創也稍微愣了一下才回答。

騙人！

創也說完用兩隻手捧住茶杯，連看都不看我一眼。

我靠近創也的臉問：『看什麼書？』

『嗯……』

他連書名都掰不出來，於是我改用輕快的聲音說：『有什麼事瞞著我啊？』

『你在說什麼啊？』創也也用輕快的聲音回答。

看來他是打算隱瞞到底囉？

『對了對了，之前我發現一本書很有趣。』拚命要換個話題的創也，站起身後拿了一本舊書給我看。『江戶時代出版的「《塵劫記》復刻本。書裡出了一道題目——「水桶裡有一斗油，另外還有兩個容器，一個容量七升，一個是三升，請將一斗油各分成五升」。內人，你會解嗎？』（一斗＝十升，一升約為一點八公升。）

今天的創也話比平常多上好幾倍。

接著他拿來一個裝水的臉盆，以及容量不一的燒杯兩個。

『臉盆裡裝了一公升的水。要準備一斗水有點辛苦，所以就用一公升的水代替，再拿三百CC和七百CC的燒杯來做實驗。』

創也拿起七百CC的燒杯。『首先，將七百CC的燒杯裝滿水，再將三百CC的燒杯裝滿水，然後把三百ＣＣ的水倒回臉盆中……』創也邊說，手不忘動作。

『那樣太複雜了啦。』

我在紙上畫七升及三升的容器，以圖來說明我的解題方法。『先把七升的容器裝滿油，一點一點傾斜容器，慢慢把油倒回水桶。等到油的傾斜面恰好平分容器的對角線時，就可以停止，這樣一來就會剩下七升的一半——三點五升。以同樣的方法，將三升油平分為一點五升，再將一點五升的油倒回七升容器裡，三點五升加一點五升就是五升了。』

『……』

創也驚訝萬分。他腦中所想到的是，這種程度的問題，不用複雜一點的方法是解不出來的。

我還是沒忘記要持續逼問，創也究竟瞞著我什麼事？

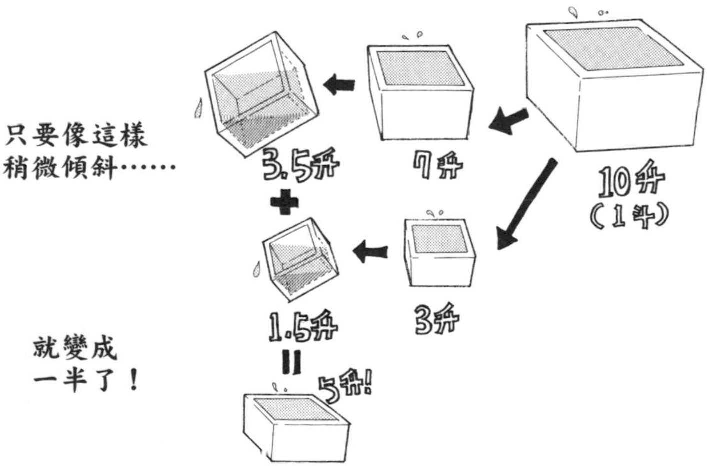

我拔了一根頭髮，將其中一端穿過五圓硬幣（五圓日幣上有一圓孔）打結。

『創也，你剛剛說沒有事情瞞著我，』我讓創也拿著那根頭髮，『說謊的人手會微微發抖，如果你真的沒瞞我什麼事的話，你拿的這根頭髮就不會晃動。』

『……』

創也拿著頭髮，把所有精神集中在指尖。但是五圓硬幣不停晃動，不論經過多少時間，依舊沒有靜止下來的趨勢。

『你看，你一定有事瞞著我。』我得意洋洋地說。

創也聳聳肩說：『你覺得用這麼簡單的把戲，就能讓我上當嗎？』

創也說完就將五圓硬幣還我。竟然沒放進自己的口袋？果然是有錢人的作風。

創也用著名偵探的口吻說：『即使你想破頭不讓硬幣動，也只是做白工，因為心臟在跳動，這樣微弱的振動，也會傳到指尖。』

……我的把戲還是被拆穿了。

不過我還是不放棄。

『但是，你真的有事在瞞我，對不對？』

『……』

創也沒有回答，他臉上的表情看起來似乎在猶豫著到底要不要告訴我。

伴隨著一聲嘆息，創也放下茶杯站起來，從桌上拿了一個信封過來。

那個白色長方形的信封，我感覺好像在哪裡看過。
我打開記憶的抽屜……啊！我想起來了，這跟之前I—TA ERIKU寄來的信封一樣。
裡面有一張卡片。

明天開始三連休，要來嗎？

I—TA ERIKU

『……我覺得，跟之前那張邀請函相比，這張親切多了。』我說著，創也卻一句話也不說。
卡片的背面有個簡單的地圖。這是哪裡的住宅區？中間部分有個箭頭向外延伸，寫著『電玩聖殿』。
我問創也：『你打算一個人去嗎？』
創也點頭。
『為什麼都不跟我說？』我又問。
潛入下水道——那時候騙我說要去野餐。
帶我去打烊後的百貨公司——還特地在紅茶裡放安眠藥。
照以上的模式看來，我想當邀請函寄到時，無論我有多麼不願意，也會被硬拖去……但為什麼這次要瞞著我？

這時創也說：『我覺得這件事很危險，不想拖你下水，所以才沒告訴你。』

『我們又不是沒遭遇過危險的事情。』

實際上，在下水道時栗井榮太藉由讓電腦爆炸，銷毀自己留下的痕跡，那時候沒被炸到真的是好險，那的確是個可怕的經驗。

還有，被老鼠大軍包圍的事。一個不小心，我們全都會成為老鼠的食物。

『這次事情不同於以往。』創也嚴厲地說。

『在下水道或是百貨公司時，都是我們主動出擊去搜尋栗井榮太，但是這次是他握有主控權。』

『……』

『栗井榮太不喜歡有人找他，這我們在下水道時就明白了。這次反而是他主動邀請，你不覺得怪嗎？』

被他一問，我開始認真思考。

『搞不好他要召集所有追蹤他的人，一次把這些人處裡掉？』我亂開玩笑。

沒想到創也竟然點頭。『可以這麼說。』

……拜託！

『我不想讓你陷入危險。』創也說著，臉上卻毫無表情——他在學校也常這樣，當他想把自己跟外界隔絕起來時，就是這個表情。『我會讓你看這封邀請函，是因為你一直都陪著我追蹤栗井榮太，所以我認為你有這個權利看。』

『有權利看，卻沒有權利跟你一起去？』

『……』

對我的質問，創也並不回答，只是沉默地將紅茶往嘴裡送。

經過一段時間後，創也總算喝完茶。他含糊地說：『這是我個人的問題。』

……我明白創也的意思了。也就是說，創也這次打算把我屏除在外，不讓我加入。

『我懂了……』我激動地放下茶杯站起來。『創也你會後悔！』

說完後，我在想會有什麼事讓創也後悔？算了，甩甩頭我決定不理他了，現在不是想這個的時候。

打開門我正打算離開時，創也問道：『內人……』

我沒回頭，背對著創也聽他說。

『到底有什麼事會讓我後悔？』

我沒有回頭，『啪』的一聲用力關上門離開城堡。

夠了，什麼跟什麼！

我一股腦地將回家途中買回來的漢堡堆在廚房桌上。雖說是平日半價，也讓我花了不少錢。

我在瓦斯爐下的櫃子中拿出兩個杯麵。在等待水滾的時候，我先吃了一個漢堡。

氣死我了！

水壺開始嗶嗶叫，我連忙拆開杯麵的包裝紙。

香辛料、調味粉包、調味油包……說不定放這些東西也講究順序。唉，反正我不管啦！把全部東西都倒在麵上，接著加入滾水。

我把滾燙的水壺放在杯蓋上，然後數到十。一、二……十！這樣一來，杯蓋又會服貼在杯子上了。

在三分鐘的等待時間裡，我又拆了第二個漢堡。

創也這個笨蛋！

這時候，我爸穿著睡衣走進廚房。

『啊！爸，不好意思吵醒你了。』我看著手錶，現在已經過了漢堡半價的時間。

『沒關係……你剛從補習班回來？』我爸問。

『嗯。』

三分鐘到了！打開杯蓋，拿起免洗筷。

話又說回來，創也這傢伙真是……

『你是要繼續生氣還是要吃東西？選一個吧！』我爸說。

我拿著筷子的手僵在空中。『你怎麼知道我在生氣？』

『我怎麼會不知道？好歹我也是你爸。』

說完，我爸打開水龍頭，裝了一杯水大口大口地喝起來。

『打開水龍頭就能喝水的生活真好。』我爸一個人喃喃自語。

老爸四十多歲，他那個人沒什麼特色，只是個平凡的上班族。想像一下，無趣的歐吉桑會是什麼模樣？我爸大概就是那樣了。尤其現在，他穿著一件破舊的睡衣，看起來更糟糕。

我爸喝完水後，看了看桌上的泡麵跟漢堡。『現在靠吃來發洩，再過幾年就改喝悶酒囉！』我爸說完後緊接著打了個哈欠。

『到那時候記得叫我，我來陪你喝。』搔搔頭準備回房的老爸說。

耶？就這樣？

『爸，你也有喝悶酒的時候？』我問。

『沒有喔，我都喝燒酒。』說完還自己笑了出來，耍什麼冷啊？

『總之睡得著的話就趕快去睡覺。』我爸說完這句話就回房了。

我把剩下的漢堡塞進嘴巴裡，把泡麵的湯全喝光，接著又拿起第二包泡麵來泡。

睡得著就趕快去睡……我爸常會說類似的話。吃得下就盡量吃。能休息時就好好休息。能做就盡量做……以後的人生才不會後悔。

眼前我該做的是……拿起免洗筷把桌上的食物掃光光。

對，這是我現在該做的事。

而下一件該做的事是……

星期六一早。

創也戴著黑色帽子，把帽緣壓得很低，從朝霧還未散去的路上走來。

早晨的空氣無論哪裡都很清新，不過再過幾個小時，路上就會變得車水馬龍，城市的空氣也會開始混濁。

創也低著頭，避免跟擦身而過的人們四眼相對，所以他當然沒注意到靠在電話亭旁的我。

當創也經過我眼前的那一刻──我把腳伸了出去。

當創也的腳絆了一下，他立刻回頭尋找絆到他的原因。

當我們四目相對時，那一瞬間他似乎有話想說，不過他還是選擇一言不發地轉身要走。

『等一下，創也。』我伸手搭在創也肩上。

『昨晚我就跟你說過，不讓你跟的理由，所以沒什麼好談的了。』創也冷淡地說。

我才不會因此打退堂鼓。這樣就放棄的話，我幹嘛還特地一大早起床？

我邪惡地笑一笑，看著創也的臉。『我們來做個交易。』

『交易？』

我從口袋掏出一張紙給創也看。『你如果讓我跟，我就當場撕掉這張紙。如果你不讓我跟的話，我就馬上打紙上這支電話號碼。』

創也看了看紙上的號碼，臉上漸漸出現斜線。『這個號碼……』

『卓也的手機號碼。』我望向遠方，對創也說：『你應該花了不少工夫，才瞞過卓也偷跑出來的吧？』

『……你打電話給他是要跟他說什麼？』

『我應該會跟他討論一下，有關日本經濟復興的話題吧！』

『……你用這麼卑劣的手段威脅我，你以為我真的會屈服嗎？』

『威脅？我剛說過這是交易，不是嗎？』

『……』創也咬著下唇，狠狠地瞪了我之後，轉過身去。

這表示，交易不成立。

沒辦法了。

我走進電話亭，從口袋拿出十圓硬幣，然後用腳抵住門，不讓它關上。我就是要創也聽到我跟卓也的對話。

拿起話筒投下十圓後，照著紙上的號碼撥號。

嘟嘟嘟嘟、嘟嘟嘟……

喀擦！創也伸手按下聽筒架。

嘟、嘟、嘟、嘟……

創也的表情十分難看。他從我手中搶過紙條，憤恨地撕毀它。

『走吧！內人。』創也勉強笑了一下說。

太好了，交易成功！

I—TA ERIKU——不，栗井榮太指定的地方位在一個周邊頗熱鬧的超高級住宅區。一般的高級住宅區每間房子空間雖然很大，不過每棟房子之間的距離很近，可是這裡的超高級住宅區不但房子大，每棟房子之間還有一大片綠地，整個區域占地超廣。

『感覺好像走錯地方了。』我說。

『怎麼會？』創也答。

也許創也置身在這種超高級住宅區裡，不會有格格不入的感覺吧？

創也抬頭挺胸向前走，而我卻偷偷摸摸地跟在後面。

不久之後，兩旁的樹木越來越多，正當我還在擔心是不是在山裡迷路時，我們已經來到一棟豪華的別墅前。

這幢別墅有兩層樓高，四周聳立著高高的圍牆，進出圍牆的柵門所使用的每一根鐵棍都削得尖尖的。這棟建築雖然適合藍天的襯托，但若是以暴風雨為背景，閃電交加、蝙蝠在屋頂盤旋、出現幾隻吸血鬼，大概也不會覺得奇怪。這裡占地大約和學校一樣廣，整棟建築給人的感覺就是『威風凜凜』。

『進去之前有件事情我要先跟你說清楚，』創也轉身跟我說話，『擁有栗井榮太邀請函的人，是我。也就是說，是我被邀請，這一點你不要忘記。』

我點頭。

其實我也有邀請函，不過我沒講出來。（這張邀請函是在下水道裡撿到的。）

『你的意思是，如果你遇到危險，我也不要救你囉？』

『我的意思是，如果食物只準備我的分的話，你就不要吃。』

創也推開大門走進去，我也慌張地追上去。

從大門到建築物的直線距離約有三十公尺，我們走在石砌的小徑上，兩旁種有許多植物。

『種了好多奇怪的植物。』創也這麼說，但我不覺得怪，因為很多都是我奶奶教過我的藥草。

其他我不知道名字的，大概都是國外的藥草吧！

我們站在一個很大的門前，門上有獅子造型的門環。這種門環除了連續劇及電影之外，我還是第一次見到。

我正要伸手去拉門環時……

『那只是個裝飾品。這麼大的建築物，即使敲門環裡面的人也不會注意到。』

創也看了看門的四周後說。

為了不破壞建築物的氣氛，對講機故意設計得很不起眼。

創也按下對講機按鈕。

『栗井榮太會出來開門嗎？』我問。

創也沒有回答，只是靜靜地看著門。

過了一會兒，門被打開了。
那是我們決戰開始的信號。

Act2 開始

來開門的是個三十歲左右的男人，瘦高型。他凌亂的頭髮如果加以整理，披上斗篷、裝上假牙，看起來就像吸血鬼。

這個人是栗井榮太？

『你們有事嗎？』那男人以毫無感情的口吻問。

『我們收到Mr. I─TA ERIKU的邀請才過來的。』創也拿出邀請函給那男人看。

『哦，原來你們也是參賽者啊？』

看到邀請函後，那男人的語氣立刻緩和下來。

『還是人多比較好玩，歡迎你們。』他推著我和創也，帶我們進去建築物的內部。

『請、請等一下。』事情發展的速度來得太快，我還跟不上腳步，但那男人絲毫不以為意。

『對了，我還沒做自我介紹。我是自由工作者，叫作神宮寺直人，三十一歲。直接的直，人生的人，不要搞錯喔！』說完還對我們眨一下眼。

沒辦法，我們也只好報上名字。

『我是龍王創也。國中二年級。』

『我叫內藤內人。內側的內，人生的人。』

我們沒脫鞋子，就進入了門口的迎賓大廳，整棟建築的木造裝潢令人感到舒適。

穿過迎賓大廳，走上長長的走廊，兩旁各有許多門。

走廊上掛著許多A5大小的畫，都掛在和我視線差不多高的位置。

這些畫看來很奇特，就是在白色的紙上畫著幾條黑線。

我數了數，類似的畫共有十幅之多，其中有一幅除了黑線之外，還畫有紅色的圓點。

看完這些抽象畫，總讓我心裡覺得毛毛的。

第十一幅是一位少女的畫像，呼～終於有一幅正常點的畫了。

通過了長廊，我們來到長廊盡頭的會客室前。

神宮寺替我們開了門。

會客室不但空間寬廣，擺設整齊的家具看起來還很昂貴。另外，房間角落還有一個大壁爐，這還是我頭一次看到真正的壁爐。

『喂——有新客人來了。』

聽見神宮寺的話，會客室裡的三個人同時抬起頭來。

栗井榮太在這裡面嗎？

坐在我對面沙發上的是一個年輕的男子，年紀約在二十歲上下，白得過頭的皮膚，給人一種不健康的感覺。他的頭髮跟神宮寺一樣長，但感覺不太自然，反倒給人一種邋遢的感覺。

在我右前方的是一個看起來還在唸小學的男孩子，他雙手不停在筆記型電腦上敲打的模樣，跟

創也很像。金髮碧眼，應該是美國人吧……

男孩對面，靠在沙發上坐著的是一個穿著紅色套裝的女人。她雙腿交疊，腳上穿著紅色亮皮高跟鞋，左手拿著一根蘋果口味棒棒糖。她的嘴唇比棒棒糖的顏色還鮮豔。

嗯？這個女人，我好像在哪裡看過……

我還在拚命回想，那女人就朝我們揮手。

『哦，又多來了兩個可愛的男孩兒啊？』

說到『男孩兒』的時候，她還不忘給我們一個飛吻，蘋果棒棒糖甜甜的香味也朝我們飄過來。

我想起來了，這個女的就是冒險作家——鷲尾麗亞小姐。我在書上的作者簡介看過她的照片。

『冒險作家鷲尾小姐，您為什麼會到這裡來呢？』

創也看過的書比我還多，當然也知道她是

誰。

『哇，你知道我的名字啊？好感動喔！』麗亞小姐微微一笑，然後她問：『可以告訴我你們的名字嗎？』

『我是龍王創也。』創也說完，輕輕點頭行禮。

『我叫內藤內人。』

我一說完，神宮寺就替我補充說明。『內是內側的內，人是人生的人。』

『不過，我還真沒想到竟然會邀請三個小孩子。』神宮寺接著說，眼神飄向那個小學男生。

小男生從沙發上站起來，走到我和創也面前。

『我是朱利爾，小學六年級。』他面無表情地伸出右手，迅速地和創也握了手。

『你是美國人嗎？日文講得很好耶！』我問他。

這時，朱利爾大大嘆了一口氣。『沒想到現在還有人會認為只要是白種人，就一定是美國人，真讓我驚訝。』他說完還聳了聳肩。

明明還沒變聲，他講話就這麼難聽啊？

話中帶刺配上高傲的舉止——這傢伙跟創也好像。

『還有，我的國籍是日本，在日本出生、在日本長大，我也從來沒去過日本以外的地方，除了日文，不會說其他語言。』

『……』

『是哪一國人這一點，並不是那麼重要吧？地理、歷史、民族、宗教、語言——是哪一國人，就看你從哪個觀點區分。』

……真愛說教。

朱利爾說完話，又回到他的電腦上。

我小聲地在創也耳邊說：『朱利爾感覺滿討人厭的。』

創也的表情看來很意外。『是嗎？我倒是對他的印象不錯。他說話時會注視著對方，態度也很直接不做作。』

『……』

顯然創也對跟他很相像的朱利爾頗有好感。

只剩下最後一個人還不知道名字，就是坐在我對面沙發上的年輕男子。

我一直在等他自我介紹，可是他卻什麼都不說。

不只是我，房間裡面所有的人都注視著他，看來都還沒有人知道他的名字。

那男人站起來，默默地遞名片給我們。那用圖畫紙裁成的名片上沒有任何頭銜，只有四個手寫字『柳川博行』單薄地躺在上面。

『你們覺得……』神宮寺把自己投向沙發，雙手在腦後交叉說。『I－TA ERIKU把我們集合在這裡，到底打算做什麼？』

『大家都是I－TA ERIKU——不，栗井榮太的朋友嗎？』創也問道，卻沒有人回答。

『難道說──創也你是嗎？』麗亞小姐問。
『我不認識他。我想如果來這裡應該就能見到他，所以我才來的。』
『我看你是為了「咆哮口紅」而來的吧？』神宮寺眼神銳利地看著創也。
一聽到『咆哮口紅』，室內所有的人都嚇了一跳。
『咆哮口紅』──謠傳是栗井榮太所製作的夢幻電玩遊戲，繼已經問世的四大電玩之後，被認為是『第五大電玩』。
遊戲尚未完成，但關於『咆哮口紅』的小道消息卻早已謠言滿天飛……
『「咆哮口紅」快要完成了，那些電玩迷根本就把栗井榮太當神一樣。要是栗井榮太一手製作的「咆哮口紅」到手了，你就可以趁機大撈一筆了吧？』神宮寺的眼睛散發出邪惡的光芒。
『你打算獨占「咆哮口紅」的市場嗎？』麗亞問。
『嗯，該怎麼說呢？所有業務都交給我，那當然是最好。無論是多神的電玩創作者，應該都不擅於實際層面的行銷企劃，這方面我可以協助他。』
『說得真好聽。』麗亞不客氣地說。
『這是侮辱……』聽到神宮寺和麗亞的對話，柳川咕噥一聲。
『栗井榮太是上天指派的天使電玩創作者，我可不想聽到什麼「咆哮口紅」可以帶來許多財富這類俗氣的話。』
『反正我跟你不一樣，我不是個電玩迷。』神宮寺冷冷一笑。

『都好不到哪兒去啦……』麗亞打開手提包拿出水果糖罐，朝手心一倒，一邊說：『傳說中的電玩創作者，祕密創作第五大電玩，這不是很浪漫嗎？』

然後……

『啊——討厭，竟然是白色的。』麗亞說完，憤憤地將薄荷水果糖丟進嘴裡。

這時創也開口：『我們的確想過，來這裡就能見識到「咆哮口紅」，此外沒有其他的用意。要超越栗井榮太，就有必要看看他所創作的偉大作品。』

全體的視線都集中在創也身上。

『我要創作出比「咆哮口紅」更優秀的遊戲。』

『……這個小男生，不錯喔！』麗亞含著水果糖說。

『用嘴巴說很容易啊，小朋友，不過只出一張嘴是無法越過高牆的。』神宮寺半帶嘲弄地說。

創也不以為意地笑一笑說：『這道理我懂，但是對我而言，栗井榮太並不是無法越過的高牆。』

『……傲慢，太傲慢了……』聽完創也的話，柳川下了這樣的評語。

這時朱利爾站起來。『我跟你可以算是臭味相投，不過超越栗井榮太的人不會是你……』他說完，用拇指指向他自己。『是我才對。』

這下我大概了解情況了……

聚集在這裡的毫無關連的六個人，如今卻因為同一個理由齊聚一堂——栗井榮太的『咆哮口

紅』。

『那傢伙也真是的，既然我們是客人，也不會出來招待一下，倒杯茶也好嘛！』

麗亞低頭在她的手提包裡找東西。

我猜她大概是要拿喝的出來，沒想到她拿出來的卻是一疊紙張，右手還拿著一枝金色外殼的原子筆說：『我可忙的哩，連假結束前我要校正完這些稿子……』

柳川跟著從身邊的紙袋中拿出一本雜誌，那是一本跟電玩相關的雜誌。他一面看雜誌，一面在紙上寫下筆記。

神宮寺也從牆上的書架上隨意拿起一本電玩攻略來看。

至於朱利爾從剛剛就一直埋首在筆記型電腦裡。

唯一沒事做的，只剩我跟創也。

大家開始各做各的事時，房間角落的大壁鐘剛好指著中午十二點鐘，然後牆上的液晶顯示器自動開啟。

這螢幕看來也是精心設計過，以配合整個會客室的設計，但只看一眼並不會想到它是與電腦連線的螢幕。

螢幕上顯示出電腦作業系統的開機畫面。當所有的程式跑完後，出現了看來像是某個房間的畫面。那房間跟我們所在的會客室有幾分相似，正面還有一面很大的毛玻璃屏風。

『是視訊電話。』朱利爾說。

畫面上出現一隻很大的手，緊接著是那隻手的主人的背影。
映入眼簾的是一個又瘦又高的男人，他大概和神宮寺差不多高，穿著西裝、戴著帽子。
那個男人走到毛玻璃屏風後面，在椅子上坐了下來。
『歡迎你們來到「電玩聖殿」。』蹺著二郎腿，那男人開口說。『感謝你們五位接受我的邀請。』
我算一算會客室裡的人數。一、二、三……對喔！他沒有邀請我。
『沒想到五位都出席，我覺得相當榮幸。』
我們都沒出聲，只是盯著螢幕。
『我就是I—TA ERIKU。不，應該說栗井榮太比較好。』那男人在屏風後面說。
栗井榮太——傳說中的電玩創作者，也是製作『咆哮口紅』的人。而他現在正在螢幕的那一方對我們說話。
每個人聽到栗井榮太的名字時，反應都不一樣。
神宮寺兩眼發亮，舔著嘴唇。
柳川像是被通電一般，驚訝地僵住了。
麗亞開心地微笑著，朱利爾則是認真地看著螢幕。
創也……
創也臉上沒有表情，任何情緒都不會顯現在他臉上。

明明就見到栗井榮太了，難道他還不高興嗎？

『與其聽你自我介紹，不如先來杯茶吧！』麗亞喃喃自語。

『邀請你們來，我也沒端茶來招待你們，是我的不對。不過餐廳裡準備了許多東西，想喝什麼、想吃什麼，都隨你們高興。』

聽完後，麗亞聳聳肩。

『吃到飽是不用啦！我想先知道你邀請我們到底有什麼用意？』神宮寺說。

『也沒什麼，只是想請你們玩個小遊戲。』

這時，我感覺到栗井榮太好像在笑。

一聽到遊戲，神宮寺厭煩地將頭轉向一邊，而柳川則是挺身站直問他說：『什麼遊戲？』

『尋寶遊戲。「咆哮口紅」就藏在這棟房子裡，而且是完整版。』

『……』

柳川顯然嚇了一跳，而我跟創也也很驚訝。

去下水道探險時，栗井榮太說過當時『咆哮口紅』還只是試玩版，現在終於完成了……

『聽起來很有意思。』神宮寺嘴角上揚笑著說。『寶藏應該是歸找到的人所有吧？』

『沒錯，我會放棄著作權。到手的「咆哮口紅」看是要留著自己玩，還是要拿去墊鍋子，當然，賣出去我也不會干涉，找到的人完全擁有使用權。』

聽到這些話，神宮寺的眼裡又增添了幾分光彩。

不只是神宮寺。麗亞、柳川、朱利爾——每個人的雙眼都因為『咆哮口紅』而發光。

栗井榮太又繼續說：『也許每個人的目的不同，不過你們都是對「咆哮口紅」有高度興趣的人。你們不覺得這場遊戲一定會很有趣嗎？』

『ＯＫ！那請你說明一下遊戲規則。』神宮寺說。

畫面中的栗井榮太點點頭。『「咆哮口紅」就藏在這棟建築物的某一處。』

『地圖呢？』

『無可奉告。』

『有沒有暗號或提示之類的東西？』

『一樣無可奉告。基本上這個尋寶遊戲是沒有攻略本的，在線索不足的情況下，還能夠找到「咆哮口紅」的人，才是我真正想交付「咆哮口紅」的人。』

通過考驗的人，我就將女兒嫁給他！——我怎麼覺得栗井榮太像個頑固的老爸？

『還有，我希望大家能戴上這個。』栗井榮太把手伸出毛玻璃外。我看到他手上戴著一個類似手錶的東西。

『會客室角落有個箱子，麻煩幫我打開它。』

柳川站起來看看四周，但麗亞和神宮寺、朱利爾卻連動都沒動。

確實，這三個人不是那種會乖乖聽人命令的人……（至於創也，他的耳朵根本沒有聽從命令的功能。）

柳川將一個銀色金屬盒放在桌上，打開後裡面又有五個小盒子。分別是粉紅色、紅色、綠色、藍色、黃色。

『選擇自己喜歡的顏色。』

『我要粉紅色！』麗亞率先拿走粉紅色的盒子。

『我雖然喜歡黃色，但還有別的顏色可以選，我就不太想選黃色。』神宮寺思考後，決定拿紅色的盒子。

『何必呢？黃色也不會很怪啊！』朱利爾拿了黃色的盒子。

柳川看看創也，創也以手勢表示要讓柳川先挑。

剩下藍色跟綠色。選了很久，柳川決定要綠色盒子。

創也則拿剩下的藍色盒子。

『請把盒子打開。』

大家聽從栗井榮太的話，將盒子打開。盒子裡放了一只跟手錶很像的東西，還有一個很像是PDA的東西。

『一個是內裝GPS的手錶，另一個是小型螢幕。』

我小聲地問創也，『GPS是什麼？』

『Global Positioning System，』創也的英文發音標準得

沒話說，他簡單地為我做了說明。『這是由美國所開發出來的系統，主要是用來支援飛機或船舶的航行。兩萬公里的高空中環繞的衛星負責追蹤使用者的發信器訊號，再由塔台負責監測定位，就是這樣的裝置。』

創也說得很快，我怎麼可能聽得懂？

『簡單來說，就是能正確顯示出你所在位置的機器。』

『……』

『你就把它想成是汽車導航系統！』

這個我懂！一開始就這樣講不就好了？還繞一大圈。

手錶顯示的不是現在的時間，錶面以藍色文字顯示『47：23』，這是一只倒數計時的手錶。錶帶的一部分是用草繩編織而成的，看起來還滿有設計感的。

『請大家把錶戴上。』

大家紛紛戴上手錶。

『創也，等一下……』我企圖阻止，可是太遲了。

創也真是的，即使身在危險中，也全然不知。當他戴上手錶時，我清楚地聽到一聲『喀』，好像是什麼東西鎖上的聲音。

完了……

『這只手錶一旦戴上後，就會牢牢鎖緊，除非時間到，否則無法打開。』栗井榮太說。

我把創也的手拉過來。打不開是嗎？我偏要試試看。草繩還有一部分的空隙，不過我仍然拆不下來。

『不要用蠻力硬扯比較好。時間一到它自動會解開，硬扯反而會發生危險。』

『為什麼？』柳川問。

『我放了一些炸藥在裡面。』

……果然！

『這支手錶有防水功能，碰到水也沒關係。另外它也有避震功能，被大象踩過也無所謂。』

可是手錶戴在手上讓大象踩過去，就不能說無所謂了吧……

『接下來，打開小型螢幕的電源。』

電源一打開，螢幕漸漸亮了起來，螢幕中央出現五個顏色的光點，就跟汽車導航系統的畫面一樣。

螢幕下方有四顆按鈕，分別寫著①、②、T、W。

①按鈕按下去後，什麼變化也沒有。②按鈕按下後，畫面立刻轉換，光點也消失不見。看來①按鈕代表一樓，②代表二樓。而T、W按鈕則是螢幕的放大與縮小。

『有了這個裝置，彼此的位置就能一目了然。』栗井榮太繼續說。『你們之中會是誰最先找到「咆哮口紅」，我沒有興趣知道。我所感興趣的是，當手錶顯示「00：00」時，「咆哮口紅」在誰的手裡。』

『你的意思是，即使有人比我先找到「咆哮口紅」，我還是可以搶過來囉？』神宮寺問。
栗井榮太在毛玻璃的後面點頭。
也就是說，就算創也先找到寶藏，之後說不定會被人搶走……這對手無縛雞之力的創也、朱利爾、麗亞來說，非常不公平。
但是……
『OK！遊戲規則很有趣。』神宮寺神情很愉悅。『那麼，可以開始了吧？』說完，神宮寺便從沙發上站起來。
但神宮寺卻馬上被栗井榮太阻止了。
『等一下，我還有話沒說完。』栗井榮太說。『你們不覺得光是尋寶，少了一點緊張刺激的感覺嗎？』
我的背開始發冷。
栗井榮太還會加上什麼樣的規則？
栗井榮太伸出一根手指頭。『我會在遊戲中妨礙你們的行動，扮演「邪魔」的角色。』
『……』
我們都不說話，只是看著電視螢幕。
我不斷告訴自己，沒什麼好怕的，只是個遊戲而已。
但是，邪魔這個角色，真的只是為了增添遊戲的趣味性嗎？

麗亞開口問：『喂，邪魔先生，你要妨礙我們尋寶，說具體一點是要怎樣妨礙？』

栗井榮太的聲音微妙地顫抖著。『從古至今，凡是取得寶藏的人，死亡也緊緊跟隨著他……』

栗井榮太輕描淡寫地說完，麗亞的笑容便僵在臉上。

『……開玩笑的。』

聽到這句話，我不禁鬆了一口氣。這個玩笑也太難笑了吧？但栗井榮太一定是個不懂得察言觀色的人。

『我不是真的要你們的命，但我還是會讓你們「死」。比如說，吃麵包的時候，麵包裡面要是出現了一張寫上「毒」的小紙條，那就表示你被毒死了。』

『……』

『被我賜死的人，立即失去「咆哮口紅」的取得權，而且還是必須待在這裡直到時間結束，這樣可以嗎？』

大家都點頭同意。

神宮寺雖然不滿卻也只能答應，因為一旦抱怨的話，說不定會失去尋寶的資格。

『還有一些規則要先跟你們說明。在這棟建築物及外面的庭院，你們可以自由來去，只有你們每個人的房間可以上鎖。當手錶顯示「00：00」時，就是遊戲結束的時間，也就是後天中午十二點。』

我看一下創也的手錶，錶上顯示『47：09』。也就是說，在剩下的四十七小時又九分之內，非找到『咆哮口紅』不可。

『後天中午之前請不要走出庭院的大門，走出去的人就喪失尋寶資格。』

『可以打電話嗎？』

『還有一點我忘了說，禁止使用手機。請各位將手機放在桌上。』

神宮寺、麗亞還有創也，陸續把自己的手機放在桌上。麗亞的手機上吊著多到數不清的吊飾。

看來朱利爾和柳川沒有帶手機。

『這樣好嗎？萬一被拿走怎麼辦？』我小聲地問創也。

『放心，而且我也沒開機，根本沒打算要用。』創也心平氣和地回答。

『為什麼？』

『只要一開機，卓也就會知道我在哪裡。』

哦……的確！被卓也抓到更糟糕。

栗井榮太又說：『如果想打電話，就用館內的電話。但切記不能提到任何有關尋寶遊戲的事情，違者……』

『……喪失尋寶資格，對吧？』麗亞說。

『沒錯！』

看得出來栗井榮太在毛玻璃後面微笑。

『以上是尋寶遊戲的規則說明。』

『給我等一下，』神宮寺朝電視螢幕伸出手，『我有問題要問。你——我是說邪魔，現在人在哪裡？』

『無可奉告。我只能說，我也在建築物裡的某個角落。』

『是喔……』稍微想了一下，神宮寺又問，『我可以抓你來問「咆哮口紅」的下落嗎？』

這時，栗井榮太的回答是：『抓得到的話就來抓吧！如果你能抓到我，我一定雙手奉上「咆哮口紅」。』

房間的空氣瞬間凝重起來，只有壁鐘的聲音迴盪在房間裡。

柳川大大地吐了一口氣。

『尋寶遊戲的過程中，要怎麼樣才能和你見面呢？』創也問。

但是毛玻璃後的栗井榮太沒有回答，只是換個姿勢說：『遊戲結束以後，如果還有時間，我們再來討論這個有趣的「諜對諜」遊戲。』

不知道為什麼，聽到他這樣說，竟讓我產生厭惡感。

毛玻璃的後面，栗井榮太好像害羞地笑了。他用另一種語氣說：『在這之後，無論你們遭遇到什麼，一切都與我無關。並且，這台電腦會自動……』

不妙！我瞬間有股不祥的預感，趕緊將創也按倒在厚地毯上。我手摀住耳朵，把頭護好，等著電腦『自動銷毀』。

但是……

『……關閉電源。祝你們好運！』

電腦螢幕暗了下來。此外，什麼事也沒發生。

此時只有我才感覺得到會客室的氣氛有多凝重。我感覺壁鐘的聲響，不停地刺向我的背。可以的話，我真恨不得立刻睡著。

其他人彷彿看到怪物一般，看著抱頭趴在地上的我和創也。

我站起來拍拍身上的灰塵。『真不愧是栗井榮太，連地毯都好高級喔！』

可是，大家的眼神依舊停在我們身上。

想瞞混過去，還是沒辦法……

Act3 調查

栗井榮太說完話後，大家紛紛開始行動。神宮寺率先離開會客室，接著是柳川。

『小朋友們，不走嗎？』麗亞問我們和朱利爾。

『麗亞妳打算怎麼做呢？』

『這個嘛……』麗亞從手提包拿了顆糖果塞進嘴巴，一隻手托著臉頰。『我對尋寶沒什麼興趣，但是也不能離開這裡。』

她說完，從沙發站起來。『拜拜～』

麗亞也離開會客室了，現在只剩下我、創也和朱利爾。

『朱利爾你有什麼打算？』創也問。

『即使我很快就找出來，之後被搶走的話，那也沒辦法。』朱利爾回答道，但眼睛完全沒離開電腦螢幕。

嗯，他真的很像創也。

正當我和創也準備離開時，朱利爾問：『龍王，你說要超越栗井榮太，是認真的嗎？』

『是啊！』創也停下腳步說。

『辦不到的事情，最好別說出來，不然很丟臉喔！』

簡直就是把創也當白癡。

我一聽到立刻走到朱利爾旁邊。這個舉動很幼稚也說不定，但我伸手搭上朱利爾的肩，讓他面向著我。『我一直覺得你跟創也很像，不過我現在不這麼認為了，你果然和創也不一樣。』

我直視著朱利爾的眼睛。『創也的人際關係的確不好，冷漠無情又是個毒舌派，還是個電玩宅男兼毒舌派……』

『你說了兩次毒舌派……』創也插嘴，但我不理他繼續說我的。

『不過，他跟你不一樣，他不會因為怕丟臉這種爛理由就退縮。他跟你完全不同。』

呼～總算出了一口氣。

我說完後，和創也大踏步離開。

『竟然說我是毒舌派……』走廊上，創也還在抱怨。『我看你才是個毒舌派。』

——我聽不到，什麼都聽不到。

我隨著創也來到建築物外的小樹林，這兒四周閒靜得讓人忘記這裡是人口眾多的住宅區。若不是樹的排列方式太過人工，我還會誤以為這裡是小時候奶奶常帶我去的那座山。

我問創也。『「咆哮口紅」會藏在樹林裡嗎？』

『不知道。』創也回答。

啥？是喔！那不然我們幹嘛來這裡？

我拿起創也那台小型螢幕看。黃色光點依然待在會客室裡沒離開，粉紅色、紅色、綠色光點則在室內緩緩移動。

『除了朱利爾之外，其他人都在找寶藏，我們繼續待在這裡沒關係嗎？』

『嗯。』創也輕鬆地說。聽他這麼一說，我也可以放鬆心情。

我深呼吸一口氣。

既然創也都不急，我也沒必要著急。

我們坐在櫸樹的樹根上。

『栗井榮太到底在想什麼啊？』我問。

創也托著下巴，陷入沉思。

『如果我們找到「咆哮口紅」，他真的會給我們嗎？』

『……』

『你昨天不是也說過，搞不好栗井榮太計畫將追蹤他的人聚集一堂，然後一次解決。』

『……』

『說不定真被你說中了。他一開始先不取我們的性命，說不定會利用扮演邪魔的時候，來解決我們。』

『你放心，這裡面不包括你。』創也這才開口，然後，他的表情變得很嚴肅。『令人費解的事情太多了。雖然他把「咆哮口紅」當成這次尋寶的目標，但他真的打算放棄「咆哮口紅」嗎？他會

這麼容易就放棄嗎？栗井榮太創作遊戲的目的到底是什麼？我完全想不透。』說完，創也閉上眼睛。

聽了他的話，我稍微放心了。號稱本校創校以來的天才，創也的臉上永遠寫著：沒有什麼事情我不懂。原來他還是有不懂的事情。

我站起來伸了大懶腰之後，對坐在樹根上的創也說：『你知道「童謠便當」嗎？』

『啥？』創也搖頭，表情像是看到會講日文的外星人。

『我奶奶跟我說：「童謠便當有神明的味噌湯」。』（其實奶奶說的是『Do your best，盡人事聽天命』，只是內人當時還小聽錯了，以為是可以吃的東西。）

『什麼意思？』

『我也不太懂，但當我想太多，這也不行、那也不行時，我奶奶就常常說這句話。所以創也你也是，在思考前，能做的事情盡全力去做就好了。』

創也仍然托著下巴沉思。不過這次他很快地放棄思考，應該是頓悟了。

創也站起來說：『你奶奶是個很有智慧的人。』

然後他像我剛才一樣伸個大懶腰。

『我也決定要吃「童謠便當」。總之，現在開始找「咆哮口紅」吧！』

說完，他拍拍我肩膀，『Do your best！』

創也已不像剛才那樣徬徨。

這時，樹林裡傳來窸窣聲。

『誰？』

我跟創也反射性的朝聲音的方向看。

樹林間有人在跑，但樹枝及灌木叢擋住了我們的視線，因此我們看不清楚對方的模樣。

看來是在偷聽我們說話吧？我正想追上去時，卻被創也阻止。

『為什麼要阻止我？』

創也不作聲，只是看著小型螢幕。粉紅色、紅色、綠色、黃色光點，都還在室內，唯一在室外的只有藍色光點——創也而已。

那就表示，剛才逃走的人是栗井榮太——邪魔囉？

我又再次想要追上去，但創也又拉住我的領子。我的脖子被勒得死緊，忍不住發出怪聲。

『危險，不要追！』

……創也雖然這麼說，但他這樣拉我領子才危險吧！

我咳了兩、三次，總算恢復正常。

『好可惜，好不容易可以見到栗井榮太的真面目。』

『你有事找他啊？』創也歪著頭問我。

『你忘記下水道發生的事啦？不只是你，連我也身陷危險之中耶！這次我非要設個陷阱，給栗井榮太一點顏色瞧瞧，不然我不甘心。』

『……你還真會記仇，』伴隨著一聲嘆息，創也說。『可是貿然去追邪魔是很危險的事。這裡是栗井榮太的地盤，我們不知道他會設什麼陷阱。』

創也說得沒錯。莽撞的行動，也許後果不堪設想。

『那我們該怎麼辦？』

『栗井榮太的意圖，目前尚未明朗，我們只能小心謹慎地尋寶。』

『但是，我們根本沒有線索，不知道「咆哮口紅」長什麼樣子。』

『有，有線索。』創也肯定地說。『大概是燒成ＣＤ或ＤＶＤ吧！』

『你怎麼知道？』

『剛才栗井榮太有說過，「咆哮口紅」可以拿來墊鍋子。』

哦，是這樣喔！

既然說拿來墊鍋子，表示它一定是平的。他如果是說：『當飛盤也可以』，我也想得出來……

『所以，我們的目標不是外型太大的物體。可是像ＣＤ這樣薄薄的東西，要找出來有點困難。』

『為什麼？』

這時，創也可悲地搖搖頭。他不用開口我也知道，他一定是要說：『拜託你，內人，用點腦袋想一想。』

『薄的東西可以藏在地毯下、夾在書本間或畫框裡，太多地方能藏。』

是，我懂了。

我用力地吸了一口氣說：『那麼，我們要不要加入尋寶的行列呢？』

我們決定先從建築物內的每個房間找起。我們掀開地毯、移走花瓶、每個桌子底下都找過……調查到一半，我們走進餐廳，準備中場休息。

廚房裡也有準備紅茶，所以創也動手泡起紅茶，而我發現旁邊還有餅乾可以吃，於是我們將剛泡好的紅茶及餅乾端到餐廳，感覺像在享受高級的英式下午茶。

創也看到我在啃餅乾，驚訝地說：『你真大膽。難道你不怕栗井榮太在餅乾裡下毒？』

被他一說，我口中的餅乾霎時變得不美味。

『創也，難道你也不怕中毒嗎？』這次換我反問創也，他正若無其事地咬著餅乾。

『嗯，仔細想想栗井榮太的個性，下毒這種太平凡的事情他不會做。雖說他無意取我們的性命，但他會用更誇張的手法來妨礙我們。』

的確是如此……

在下水道設祕密基地、利用煙火破壞自己的電腦，還在電視台錄影——栗井榮太的確是個喜歡賣弄的人。

扮演邪魔的栗井榮太，究竟會用什麼方法偷襲參加者呢？光想到這裡，一陣涼意襲向我的背脊。

煩耶！其實我還滿期待他偷襲的。

這時，創也將茶杯放回茶盤，不懷好意地笑一笑。『真期待。』

……這傢伙腦袋也有問題……

『搞什麼啊？你們都放棄尋寶囉？』

回過頭只見神宮寺站在餐廳門口。

『方便的話，順便幫我泡一杯吧！』

不等我們回答，神宮寺便自顧自地坐在椅子上。

創也起身泡了紅茶過來。

『哇！好好喝喔！』喝了一口後，神宮寺驚為天人地說。『太厲害了，這麼好喝的紅茶我還是第一次喝到。』

『謝謝！』創也輕聲道謝，然後問：『對了，神宮寺，你找到「咆哮口紅」了嗎？』

我用手肘頂了頂創也，有點緊張地小聲說：『你覺得他會誠實回答嗎？』

『為什麼不會？』創也故意講得很大聲，讓神宮寺也聽得到，『神宮寺沒有理由隱瞞。沒找到老實說出來也無妨，而且就算他找到，就憑我們兩個也搶不贏他。』

『龍王，你說得很有道裡。你跟內人兩個人的力量加起來，想從我手上搶得「咆哮口紅」簡直是天方夜譚。』神宮寺的語氣中帶著對創也的佩服。

『我再問一次，你找到「咆哮口紅」了沒？』創也問。

『我如果說找到的話呢？』一面喝紅茶，神宮寺反問。

創也注視著神宮寺的臉說：『你不覺得舌頭麻麻的嗎？』

神宮寺驚慌地吐出口中的紅茶。『你……該不會……下毒……』

『開玩笑的。』說完，創也拿起自己的茶杯。『我們要繼續尋寶，你自己用過的茶杯，請自己洗乾淨。』說完創也離開餐廳，我見狀也趕忙跟著他離開。

只聽見神宮寺在我們身後哈哈大笑。

玄關走廊的旁邊——往二樓的樓梯下方，有個儲藏室，裡面有各式各樣大小的紙箱。我試著打開其中一個紙箱，裡面裝有許多用塑膠袋包著的煙火。

這是下水道裡破壞電腦的煙火剩餘的嗎？

另外還有分裝小袋的火柴和蚊香，我順手就拿了一點。

這些動作創也全都看在眼裡，但雖然他嘴上不說，我也知道他想說什麼。

旁邊還有裝著派對用品的箱子，裡面有金銀絲線、鞭炮等等，另外還有附著鼻子和眉毛的偽裝用眼鏡。其他還有燈油罐、木炭、鐵絲網、膠帶等等亂七八糟的東西丟在裡面。

我的心情很好。只要有這些東西，就方便多了。

離開儲藏室，我們繼續向前走，看見前面有個大房間，我們決定先進去看看再說。

一踏進去我們都呆掉了。房間的四面牆全都是跟天花板一樣高的書櫃，而且不只是牆壁，整個

房間都排列著書櫃。書櫃上有書、錄影帶、ＤＶＤ等等。

這裡比學校的圖書室大好幾倍。

『這些全部都是栗井榮太的喔……』我喃喃自語。

這時……

『大概是囉！』麗亞從書櫃的陰暗處現身，手裡還拿著一本書。

『你們也是來看書的嗎？』麗亞問。

創也回答：『不是，我們在尋寶。』

『麗亞，妳已經放棄尋找「咆哮口紅」了嗎？』我看著麗亞手上的書問。

『嗯，也不能這麼說啦！其實我對「咆哮口紅」沒有興趣。我會來到這裡，是以冒險作家的身分，看看有沒有什麼東西能激發我的靈感。而且比起「咆哮口紅」，我對這房間裡的書還比較有興趣。』

麗亞把她手上的書朝著我們。書名是『地心遊記』，書名的下面是作者的名字——儒勒．凡爾納。

『反正還有時間，暫時我就待在這裡，看看書或ＤＶＤ。』

麗亞從手提包裡拿出一片ＤＶＤ給我們看。

創也說：『那是Henry Levin導演的〈地心歷險記〉，妳看過Georage Miller導演的版本嗎？』

『那部我看過了。』

我完全無法加入他們的對話。
『我剛剛有看到，這裡還有江見水蔭寫的《地心探險記》。有興趣的話，你不妨看一看吧！』麗亞說。
創也只是微笑。
我搞不清楚狀況，只好也跟著微笑。
我們走出房間，只留下麗亞一個人。
『她到底是什麼人？』走出房間時創也問。
『她是冒險作家鷲尾麗亞小姐。』我說。
創也不以為然地聳聳肩。『你沒注意到嗎？我們之前就看過她了。』
『……』
有嗎？
我努力回想，但還是腦袋空空。創也終於看不下去，他說：『在龍王百貨南T店。她也是MP的一員。』
……這，我怎麼可能想得起來？
『剛才她腳上穿的紅色亮皮高跟鞋，就是那天晚上穿的那一雙。』然後創也得意地說：『在專家面前出現時，同一雙鞋千萬不要穿第二次。』
我看著創也心想：什麼『專家』，是哪方面的專家啊？

『創也，剛剛那間房間不找一找嗎？』

創也不耐煩地回答。『要找你自己去找。』

『為什麼？「咆哮口紅」既然燒成ＣＤ或ＤＶＤ，沒有一個地方比剛才的房間更好藏了。』

『栗井榮太不會藏在那裡。』創也斷定地說。

『為什麼？』

『太容易想到了，不夠有趣，所以他不會把東西藏在那裡，』

……是這樣嗎？

『假如夾在書本之間或是收在ＤＶＤ盒子裡的話，只要肯花時間，把整個房間徹底找一遍就找得到。栗井榮太不可能把「咆哮口紅」藏在只要花時間跟勞力就找得到的地方。』

……好像懂又好像不懂。

『麗亞也說了，反正還有時間，所以我們不用太緊繃。』

創也的口氣聽起來輕鬆，似乎又語帶玄機。

接著我們爬上玄關走廊旁邊的樓梯到二樓去。

走廊的盡頭，最裡面右側的那扇門，掛上寫著『神宮寺先生』字樣的金屬板。對面的房間，則是掛『柳川先生』的板子。

神宮寺房間隔壁的門上掛著『龍王先生』的板子，對面是朱利爾的房間，麗亞的房間則在朱利爾的隔壁。我沒有自己的房間，不過也沒辦法。

我們先進創也的房間放行李。

我本來以為房間會像商務旅館一樣簡單樸素，但我錯了，房間空間不只大，而且布置得很舒適。

『太好了，內人，房間這麼大，地板或是沙發都夠你好好睡一覺。』創也說。

『所以床是你睡的囉？』

『當然。這裡是為我準備的房間，而且我本來就沒有要帶你來的意思。』

創也話說得很明白了。

『我以為好心的創也會把床讓給我睡。』

創也沒有回答。

沒差啦！創也恐怕是換了枕頭就會睡不好的人吧？託奶奶的福，我到哪裡都能睡。

『房間也參觀過了，我們繼續尋寶吧！』創也說完便拿起桌上的鑰匙。

出了房間後，我們把建築物內的房間大概找了一遍。

創也好像比較想找出栗井榮太的工作室，但是找不到。而且栗井榮太——邪魔藏身的房間也找不到。

『是不是還有隱藏式的房間，還是有什麼事情是我們遺漏的……』創也咬著指甲。

轉眼間已經到了晚餐時刻，我跟創也說，不如先吃晚餐轉換一下心情。

『哦……反正還有時間。』

手錶上的時間是『４１：２４』。

『不曉得其他人在做什麼？』我說。

創也拿出小型螢幕按下②號鈕，只見粉紅色、黃色和紅色光點，各自在自己的房間。

我們先往麗亞的房間去。

『麗亞小姐，妳晚餐要吃什麼？』創也敲門問。

結果，門的另一面傳來：『有沒有menu？』

『……』

真是令人討厭的回答。

『栗井榮太說，要我們自己弄東西來吃。』

創也的臉頰也有冷汗流下。

『弄好的話記得叫我喔～』麗亞撒嬌地回答我們。

我看，繼續跟她說下去也沒用。

我們轉而敲朱利爾的門，但此時身後傳來：『忘了告訴你們，我不吃魚。』是麗亞的聲音。

小的遵命……

我們一敲朱利爾的門，他立刻走出房門。

『朱利爾，你晚餐要吃什麼？』創也問。

朱利爾做出困擾的表情。果然還是個可愛的小學生，才會做出這種表情。

『我不會煮飯。』

『至少會做一道菜吧？』我問。但朱利爾搖頭。

雖然我也沒什麼資格說別人，但我起碼會煎荷包蛋。

只剩下柳川和神宮寺沒問。

因為柳川不在他的房間，所以我們就直接去敲神宮寺的門。

『哦，晚餐準備好啦？』

……聽他這麼說，我們決定放棄對神宮寺的期待。

『神宮寺先生，你的拿手菜是什麼？』

『生蛋拌飯。』神宮寺挺起胸膛回答。

生蛋拌飯也能算一道菜嗎？

『不用擔心嘛！有你在啊！剛才你泡的紅茶很好喝耶！』神宮寺表情輕鬆地拍拍創也的肩。

可是……

『晚餐只喝紅茶就夠了嗎？』

聽到創也的話後，他的表情就瞬間凝結了。

『不會吧……』

『我除了紅茶之外，不會做其他的菜。』創也挺起胸膛說。

這……紅茶也能算一道菜嗎？

算了，我們先去餐廳再說。

目前的情況可說是糟透了，只有荷包蛋和紅茶這種亂七八糟的菜單……

可是，我們才走到餐廳門口，就有一股香味傳來。

『你們來啦……要不要吃啊？』柳川邊從廚房走出來邊說。

『哇！太棒啦！』一看到餐廳的餐桌，神宮寺忍不住一陣歡呼。

『柳川你真厲害，還會做各國料理。』神宮寺這麼說，但我不懂他的意思。

創也過來替我解釋。『大鍋子裝的是燉肉，裡面有雞肉和蛋，是衣索比亞料理。旁邊那道煮蝦是菲律賓料理裡。飯放在生菜上，這道菜你總該知道了吧？』

『不就是普通的飯？』

『生菜包飯——中華料理，把飯和肉醬包在生菜裡吃。』

『……』

老實說，不太了解。

不過，我還認得其中一道菜——生魚切片分裝在五個碟子上——日本料理生魚片。

『麗亞呢？』柳川捧著盤子問。

『她說飯煮好叫她。她以為她是誰啊？』神宮寺聳聳肩。
『我去叫她。牛排剛煎好是最好吃的。』
柳川說完就離開餐廳，但一轉眼他又回來了。『她叫我們先吃。』
在柳川說話之前，神宮寺早已開動。
『柳川，你找到「咆哮口紅」了嗎？』一邊吃飯，創也一邊問。
柳川看神宮寺一眼說：『在神宮寺面前，沒人敢老實說找到了吧？』
『所以你已經找到囉？』我問。
『無可奉告。』柳川企圖敷衍過去。『朱利爾，這道酸辣湯沒放很多辣椒，你可以放心地吃。』
柳川跟朱利爾推薦那道蝦子和花枝一起煮成的湯，我也試吃一口，果然不辣。
『這是哪一國料理？』我小聲地問創也。
『泰國。世界三大名湯之一，記起來。』
（……不用特地記下來，我又不挑食，什麼都吃，這樣不是很好嗎？）
但我只敢在心裡反駁他。
在我家，一說到西式料理就一定是咖哩飯！第一次吃義大利麵還是在學校的營養午餐吃到的。
而且不是我在自誇，spaghetti和pasta有什麼差別？我到現在還搞不清楚。
雖然每次問創也菜名時，都會被他當白癡，可是這些菜真是太好吃了。

不知不覺我們已經吃了超過一個小時以上。
『啊！好好吃喔！謝謝你的招待。』神宮寺把餐具丟在盤子裡站起來。
『你要去哪裡？』柳川叫住他。
『回房去啊！』神宮寺回答得很自然。
『自己用過的餐具請自己洗乾淨。』柳川說道，眼裡隱藏著殺氣。
不只神宮寺，連創也和朱利爾都嚇了一跳。
……在家當慣少爺的創也和朱利爾，大概沒洗過碗吧？
『只是洗個碗，應該不會很困難吧？』我模仿創也的語氣，對他們兩個人說。
創也惡狠狠地瞪著我。
之後，我們花了三十分鐘洗碗。
我真想跟創也說：『你真是笨手笨腳』，不過一定又會被瞪，所以還是算了。
『麗亞還是沒來吃飯……』
柳川又把牛排熱一熱。
要上去二樓前，我先打個電話回家。
『內人，你死到哪去了？』
我媽的聲音怪可怕的，我趕緊將話筒拿遠一點。似乎連旁邊的神宮寺及朱利爾都被嚇到。
『……嗯，我跟創也在一起，今天不會回家。』我說。

『哦，是跟創也在一起啊？』
突然，我媽的口氣變得非常溫和。我想就算使用高機能的變聲器，也沒辦法像我媽這樣吧？唉，大人還是比較容易相信成績優秀的小孩。
我把話筒交給創也。
『……是，是。我知道，您不用擔心……沒問題。』創也說完又將話筒還給我。
『今天跟明天，我都跟創也一起住。』我說。
『你不要給創也家人添麻煩喔！』
我媽以為我要在創也家住？也好，就讓她誤會下去。
我掛上電話，但剛剛吃進肚子裡的卡路里，感覺都消耗掉了。
『朱利爾你不打電話回家嗎？』我問。
『我家是放任教育。』他略顯寂寞地笑笑。
『……剛剛聽你講電話，忍不住覺得幸好我是大人。』神宮寺喃喃自語，柳川也在一旁用力點頭。
然後我們上去二樓。
手上端著牛排的柳川說：『鷲尾小姐，我給妳送晚餐來了。』
敲敲麗亞的房門，但房內傳來奇怪的聲音。
『嗯、嗯、嗯，嗚、嗚、嗚……』

什麼聲音？

可是創也的反應非常快。『她在求救！』

門沒有上鎖，於是我們一起衝進麗亞的房間。

麗亞的房間亂得跟颱風過境一樣：翻倒在地的桌椅、文件被撕破散亂一地，麗亞的手提包被打開，許多糖果掉在地上。

麗亞的嘴巴被塞住，雙手被膠帶綑綁，無助地在床上翻滾著。

她的身上有一張Ａ４大小的菜刀照片，照片上還用紅字大大地寫著『刺殺』。

被邪魔賜死的第一位被害者……

『沒事吧？』神宮寺替麗亞鬆綁。

『啊，好難受喔！』麗亞還在喘個不停。

『到底發生什麼事？』神宮寺問。

麗亞說：『我也不是很清楚……我躺在床上校稿，一不小心就睡著……等我醒來就變這樣了……』

『妳門沒鎖嗎？』創也問。

『當然有啊！但是，邪魔有萬能鑰匙。』

麗亞看看房間四周，發出一聲哀號。『我的天啊……』

麗亞撿起那些破掉的原稿。『這樣我要怎麼校稿？』

刺殺

麗亞一股腦地把原稿丟進垃圾桶，接著她拿起那張菜刀照片，但麗亞看一眼後便尖叫一聲，撕裂了那張照片。

我還是頭一次聽到女人尖叫。

麗亞恐慌地在房間裡走來走去。在恐慌的同時，她一口咬著柳川送來的牛排，一邊忙著把散落的糖果往嘴裡送。

本來像被颱風侵襲過的房間，現在看起來更像被大地震震過，還被怪獸入侵過。

『我們讓她一個人靜一靜吧……』神宮寺說。

除此之外也沒有更好的方法。

我撿起掉在地上的膠帶。

為了不要刺激到麗亞，大家靜靜地退出房門。

Act4 迎擊

『你在想什麼？』我躺在地板上，問床上的創也。

創也雖然躺著，卻沒有在睡覺。他點亮床頭燈，在紙上亂畫一通。

『綑綁麗亞，並且在她身上擺著菜刀照片的人，真的是邪魔嗎？』創也自言自語。

『為什麼這樣想？』我問。

當時除了麗亞之外——神宮寺、柳川、朱利爾、創也和我都一直在一起，根本沒人有時間去綁住麗亞，還把她的房間弄亂。所以，除了我們之外，當然只有邪魔辦得到。

『吃飯時，柳川曾經到過麗亞的房間。』創也說。

『你在懷疑柳川？』我很驚訝地問。

但是，那也說不通，因為柳川雖然曾經到過麗亞的房間，可是他很快就回到餐廳了。在那麼短的時間之內同時要綁麗亞，又要弄亂房間，根本完全不可能。而且他剩下的時間都是跟我們在一起，所以說邪魔不是我們其中一個。

我認為這是一個非常有道理的論點。

不過，創也還是不太明白。『我總覺得疑點重重……』

創也看起來相當苦惱。

『還是說，』我突然靈光一閃，『你有沒有想過，搞不好是麗亞自導自演？自己把房間弄亂、自己塞住嘴巴，然後讓我們看起來像是邪魔幹的？』

聽完後，創也搖搖頭。『如果你有辦法反綁自己的雙手的話，我就相信你。』

我試著用從麗亞房間拿來的膠帶如法炮製。

……不行，自己根本無法反綁自己的雙手。

我起身關掉房間的燈。『再繼續想下去也沒用。現在最重要的是，趕快睡覺。』

創也聽話地點頭，關掉床頭燈。

很好！睡前的檢討會結束了。

我也躺在地板上，閉上眼睛睡覺。

『要記得多多親近大地喔！』

沒多久，奶奶就出現在我的夢裡。

在夢中，我靠著樹休息。

奶奶問我：『想想看，內人，在野獸出沒的山中，像你這樣靠著樹休息比較好，還是躺在地上休息比較好？』

我立刻回答：『當然是靠著樹休息比較好。因為要是野獸一來，隨時可以逃跑。』

這時，奶奶笑一笑。『你躺在地上看看，內人。』

我照著奶奶所說地躺在地上。想不到，結果竟令我大感意外。

枯葉飄落到地面上的聲音、樹根吸收地面上水分的聲音。

不只是耳朵，我全身都能感受到周圍的聲響。

『人的耳朵無法跟野獸相比，』奶奶說，『但是，只要你親近大地，就能聽見野獸從遠方靠近的腳步聲。』

的確如此！

靠著樹時，除非野獸很接近你，否則你不會察覺。

結果是，躺在地上比較能夠快速逃跑。

謝謝妳，奶奶！

我還想問奶奶些什麼，但已經沒辦法了，因為我的身體，感覺到門鎖被打開的聲音。

黑暗中，門被靜靜地打開。

還沒……還沒……

終於，有個人影從門縫鑽進來。

再等一下……

人影一步步靠近。

就是現在！

我把蓋在身上的被單，向人影丟去。

『哇！』人影響起驚呼聲。

成功了！

我黏了一大堆捲成環形的膠帶在床單上，他越是慌張，身體跟床單就越糾纏不清。

這陣騷動把創也吵醒了。

被單纏著那個可疑的人影，但他依舊想強行逃跑。

『休想逃！』

人影逃出房門，跑下樓梯，我也從後追趕。

此時……

『等一下！』創也拉住正要往前衝的我。

『幹嘛拉我？現在是抓住邪魔的大好機會耶！這樣一來，邪魔就Game over了啊！』

『你冷靜一點，內人，他沒這麼容易就被你抓到。』

『……』

『你想一想，邪魔他一定早就想到會被追，所以也早就設好陷阱。』

『……』我深呼吸緩和自己的情緒。

也許創也說得對。

我小心翼翼地穿過走廊，走向樓梯，鋪在樓梯口的踏墊上，果然有一小塊地方鼓起來。

我輕輕掀開踏墊，踏墊下有個惡作劇用的放屁聲袋，袋上有一張寫著『炸死』的地雷照片。

『邪魔跟創也很像耶！』我用手指夾著屁聲袋拿給創也看。創也以前也使用過屁聲袋設陷阱。

『錯，我才沒他那麼壞心。』

創也一口否認，我卻不這麼想。

回到房間後，我們用小型螢幕確認，證明五個光點都在各自的房間裡。結果很明顯。

『果然，邪魔不是我們其中任何一個人。』我說。

創也頻頻點頭。

就這樣到了隔天早上。

柳川正在為大家準備早餐。雖然只是培根蛋吐司，但我還是很感謝他。

『我還是比較喜歡日式早餐。』麗亞一面說，一面把早餐吃光光。

『柳川，可以的話，幫我做個便當好嗎？被邪魔賜死的人好像非得待在自己房間裡不可，晚飯之前我乾脆都待在房間裡好了。』吃完早餐後，麗亞邊吃糖果邊說。

柳川只能苦笑著點頭。

『對了，大家的分我都順便一起準備，想什麼時候吃就什麼時候吃，只是……』

『知道了。吃完後要記得洗便當盒。』

柳川的話還沒說完，就被神宮寺接了下去。

吃完早餐後大家各自解散。

我和創也繼續昨天未完的工作，這邊看看、那邊找找，可是仍然沒發現『咆哮口紅』。

一轉眼又到了中餐時間，我們決定先吃便當再說。今天天氣不錯，我們往樹林走去，感覺好像要去野餐。

吃完午餐回到館內，我們在掛著畫的走廊上遇見朱利爾。他很認真地看著畫框裡的每一幅畫。

『朱利爾，你吃飽了嗎？』

『嗯。』就連回答創也的時候，朱利爾的眼睛還是盯著畫不放。

這些畫有什麼好看的啊？白紙上畫上幾條黑線的抽象畫。老實說，它們代表什麼意思，我看不懂。

『你不覺得很不可思議嗎？龍王。』朱利爾跳過我直接問創也。『為什麼栗井榮太要掛這幾幅畫？』

『這些畫確實不太好看，我倒覺得比較像在亂畫。』

他們兩個人說完話後，朱利爾拿起畫，並拆開畫框。

畫框裡沒有藏任何東西。

接下來朱利爾把畫拿出來。

『咦？』

沒想到這些畫竟然是透明的投影片，會看起來像在白紙上作畫，是因為下面鋪了一張白色底板。

『這是什麼？』朱利爾側著頭問。

此時，我的腦袋有一股電流通過，就像很難解的數學問題，有時也會突然解出來一樣。

『我知道了！』我大喊，然後模仿創也的語氣，要創也跟朱利爾照我的指令做。『快把畫跟畫框分開！』

創也臉上的表情很不高興。

『我說話的方式有那麼討人厭嗎？』

等一下再回答你。大家先分工合作，把透明的投影片從畫框裡拿出來。

『這幅畫要拆嗎？』創也指著第十一幅畫——少女的畫像。

『別管那幅畫，就讓它掛在那裡。』我說。創也又顯出不悅的表情來。

集合到的十張透明投影片，每一張都是Ａ５大小，也都畫有好幾條黑線。

『你打算做什麼？』

我沒有回答創也的問題，逕自把每一張透明投影片疊起來。疊起來後，所有的黑線連成一幅畫。

『這是……』

『沒錯，這是一樓的平面圖。』我一面回答朱利爾，一邊忙著將第十張投影片疊上去——唯一一張畫有紅色圓點的投影片。

紅點所在的位置剛好是會客室的一角。仔細一看，那裡剛好是暖爐的位置。

『「咆哮口紅」就藏在這裡。』我志得意滿地對創也說。

我帶著創也和朱利爾來到會客室。這裡跟昨天一樣，什麼都沒變。

我朝著房間裡面的暖爐走去。我除去暖爐點火處（後來創也告訴我，那稱為爐床）的木柴，撥開灰燼。

結果……

『賓果！』

灰燼中出現一個略大的黑色CD盒。

我將盒子上的灰燼撥乾淨，雙手顫抖地打開

它，可是盒子裡卻出現一張紙條，紙條上寫著：『真可惜！』

『啥……』

我徹底無話可說。

創也走過來拍拍我肩膀。『我想唱〈水戶黃門〉（日本的時代劇）的主題曲送給你。』

創也一說完，我的腦中自動播放那首歌的旋律——『人生啊，有苦也有樂……』（這首旋律一旦在我腦中盤旋，就很難將它忘記。）

我指間落下的白色灰燼，跟此刻的我很像。

我已燃燒殆盡……

這時……耳邊突然傳來乒、乒、乒的聲音。

什麼聲音？

『在二樓！』

創也說話的同時，已經一溜煙跑出會客室。

他爬上樓梯，目標是二樓走廊。

我跑步並不快，可是如果跑輸小學生和電玩宅男，那可是人生一大恥辱。

轉了個彎後，就能看見我們房間外面的走廊。神宮寺正雙手抱胸，站在房門外。

雖然他繃著臉，但我卻覺得很滑稽，因為色彩繽紛的紙帶垂在他的頭上，腳邊還有散亂一地的色紙片。

他的模樣看起來就像生日派對上的壽星。
『……神宮寺，發生什麼事？』創也問。
神宮寺沒說話，伸手指了指房間。
半開的門把上有一條細線向房間裡延伸，房間中央有一張桌子，彩色爆竹朝著門，用膠帶固定在桌上。已爆破完畢的彩色爆竹周圍全是散落的紙帶和色紙片。
我的眼睛沿著那條細線看去，細線跟彩色爆竹連在一起。
也就是說，當門一打開，彩色爆竹就會爆破。
我們走進房間查看。
神宮寺拿起桌上的照片。Ａ４大小的照片上是一把槍，槍上寫著兩個大大的紅字——『槍殺』。
神宮寺大聲笑出來。『這代表我已經Game over了嗎？』
然後神宮寺將照片撕成兩半，就連他身上附著的紙帶，也被他憤恨地揉成一團。
『Game over了啊……』神宮寺又再次喃喃自語，隨後看著創也和朱利爾說：『看就知道你們比我聰明多了，所以，說真的，我本來打算不管你們當中哪個人找到寶藏，我都要搶過來。』
他一邊說，一邊對我們眨眨眼，說完後穿著鞋子就倒在床上。
『但是，還有別的方法。一旦抓到邪魔，我就可以拿到「咆哮口紅」。』神宮寺的眼神始終停留在天花板。『我還沒放棄喔！』

此時，麗亞來到神宮寺的房間。她身穿白色浴袍，頭髮還是濕的。

『人啊！懂得適時放手是很重要的。』她用毛巾擦著頭髮，對神宮寺說。『你看看你，上床連鞋子都不脫掉。你最好去洗個澡，全身都是火藥味。』

麗亞說個不停。然後，她看著我和創也說：『你們也快去洗澡吧！最好是泡個澡，全身浸在熱水裡，可以消除疲勞、恢復精神喔！』

說完麗亞還對我們拋了個媚眼。

因為麗亞身上的肥皂味及身上散發出來的熱氣，弄得我們頭昏眼花，因此我們趕緊離開了神宮寺的房間。

所以，現在的情況是……麗亞和神宮寺都被賜死，只剩下柳川、創也和朱利爾。

可是，現在卻陷入僵局……就像在沒有任何提示下，硬要解開密碼一樣。

創也此刻應該也在思考同樣的事情吧？吃過晚飯回到房間後，他一直閉著眼睛，一邊聽從書房拿來的蕭邦ＣＤ。（這種時候，與其聽鋼琴曲，倒不如聽〈洛基〉或〈PINGPONG〉的電影配樂……）

為了不妨礙創也思考，我打開從書房拿來的書。不過，無論我多想集中注意力在書上，也沒辦法專心。

『創也，你有沒有帶傘？』

『幹嘛？』創也睜開一隻眼睛看我。

『看起來會下雨喔！』我說。

算了，真有個萬一，大不了拿大垃圾袋遮雨。

『你為什麼覺得會下雨？』

對於創也的反問，這次換我很驚訝。他竟然不知道？

『你的劉海蓋到眼睛了。我奶奶教過我，當頭髮緊貼著頭皮的時候，就是表示要下雨了——創也，你不知道嗎？』

這時，創也睜開雙眼。『你奶奶相當科學呢！』接著創也解釋給我聽：『有句俗話說：「頭髮梳不開，雨水落下來。」下雨或快下雨時，空氣中的濕度會提高，頭髮在濕度高時會變得比較長，濕度低時會縮短一些。而且濕度高時，頭髮的水分是平常的三倍，頭髮本身會膨脹起來，剖面面積也會變大。』

原來如此。所以，濕度一高、頭髮膨脹，就會變得很難梳開。

『毛髮濕度計就是根據這個特性製造出來的。』

『是喔～』我聽著創也的說明，一面用手敲著椅子扶手。

原來是這樣奶奶才會教我頭髮貼在頭上，就是快下雨的前兆。

『問題來了。』創也伸出食指。『使用毛髮濕度計時，是日本人的黑髮適合？還是外國人的金髮適合？』

嗯……我覺得黑髮好像比較適合使用測量儀器。

我把我的答案告訴創也，結果創也說：『答錯了！濕度計比較適合用在金髮上，特別是小女孩的頭髮。』

『為什麼？』

『跟黑髮比起來，金髮的剖面更接近圓形。而且小女孩的頭髮，跟日本人的黑髮比起來，大約細了三分之一到四分之一左右，髮質又好，對濕度的測量會更準確。』

敲扶手太久使得手開始發痛，我站起來走向浴室。

浴缸的水放好後，我把毛巾往創也的頭上丟。『說了這麼多，心情有沒有好些？去泡泡澡，搞不好會有尋寶的靈感。』

『我沖澡就行了。』

創也顯得很不情願，我乾脆把他推進浴室。

『不要辜負別人的一番好意。水都放好了，你就好好享受吧！』說完，我繼續看我的書。

我把毛巾捲在頭上，避免劉海掉下來。很好，這樣一來我就能專心看書。

不過，才看了五分鐘而已……

『幽靈啊！幽靈啊！』浴室傳來創也的吼叫聲。

現在是怎樣？

我站起來的同時，浴室門也打開了，只見創也腰上圍著一條浴巾衝出來。

創也大喊著：『幽靈啊！幽靈啊！』他的髮梢上還滴著水。

我趕緊拿掉捲在頭上的毛巾，朝創也的臉上打下去。創也被我嚇了一跳後，這才恢復正常。

『浴室有幽靈啊？』

『幽靈？不是，我剛剛說的是EUREKA（尤里卡）』

尤里卡？這又是哪一國語言？

『是希臘語。你應該知道阿基米得吧？』

阿基米得……他是誰？

創也看我一副困惑的樣子，趕緊說明。『他是古希臘的科學家。有一天，他在洗澡的時候發現「阿基米得原理」，於是他興奮得連衣服都忘了穿，在街上裸奔，嘴裡大叫：「尤里卡！尤里卡！」』

在街上裸奔……換成是現代，一定會當場被逮捕。

不過起碼創也比阿基米得聰明，還知道要在腰上圍浴巾。

『那，「尤里卡」是什麼意思？』

『「哇，發現了！」的意思。我也跟阿基米得一樣，在浴室發現了一些事情，所以才會大叫「尤里卡」。』創也帶著興奮的口吻說。『果然有時候還是要聽聽別人的意見。』

對喔！創也接受我意見的次數少得可憐……

我嘆了一口氣後，問了我心中最在意的事。『你有什麼發現？』

『我知道栗井榮太在想什麼了。』創也將放在洗臉台上的眼鏡戴上。『舉辦這次尋寶遊戲的目的，還有他邀請我們的原因——現在我全都了解了。』

聽到創也這麼說，我不禁打了個冷顫。

本來創也有張清秀的臉，但此時他嘴角微微上揚，簡直就像惡魔附身一般恐怖。

『你先去沖個澡，然後好好休息，為接下來的冒險做準備。』創也把我推進浴室。

到底發生什麼事，我還搞不太清楚，但既然創也說他都了解了，我也只能相信他的話。

等我沖完暖呼呼的澡出來後，創也已經換上睡衣，倒在床上呼呼大睡了。

吵的時候很吵，一轉眼卻立刻睡著，他還真是一個隨心所欲的人。

剛才創也說要去冒險，那我趕快來做些準備。

我把手邊的東西統統丟進背包裡。帶個膠帶好了，還有我奶奶給我的小刀也一併放進背包中。

好！行李整理告一段落，我躺在地板上睡覺。

剩下的就是等待了。

不曉得我睡了多久，創也走動的聲音把我吵醒，不過他還穿著睡衣。

『我們該出發了。』創也打開房間的門後對我說。

我伸個大懶腰站起來。反正我本來就沒有睡衣可換，直接出門也無妨，可是……現在要去哪兒呢？

『你一個人在想什麼，內人？』創也聳聳肩膀。『首先我們要把「咆哮口紅」拿到手。』

『……』

不行……身體雖然起床了，但是我的腦袋還是迷迷糊糊的。

我看了一下創也的手錶，還剩下十二小時。也就是說，現在是半夜十二點……

總之，我還是背起背包，跟在創也身後。

正當我還在想到底要去哪裡時，我們已經來到會客室。

創也站在壁爐前面。

……壁爐，昨天中午不是找過了嗎？

『你真的差一點就找到寶藏。』創也靠著壁爐台說。

『十張投影片疊在一起，就是一張藏寶圖——說真的，他把地圖藏得很好，說他聰明真的一點也不過分，但是我們的對手是栗井榮太，他會因為這個巧妙小設計而沾沾自喜嗎？』

思考了一下，我的答案是——不會。

從過去的經驗看來，栗井榮太跟創也之間確實是有相似之處。拿創也來說，他一定會選擇更迂迴、更讓人感到無力的方法。

我把我的想法告訴創也。『如果是電玩宅男兼毒舌派，又喜歡喝紅茶的栗井榮太，他鐵定會用更迂迴的方式。』

『為什麼你認為栗井榮太喜歡喝紅茶？』

創也用極度冰冷的眼神看著我，我只好裝作一副若無其事的表情想矇混過去。

創也咳了一聲。『再好好想想看。放進畫框的透明投影片有十張，但是同樣大小的畫，還有一幅少女的畫像。關於這幅畫，你不認為需要重新想一想嗎？』

的確，相同尺寸的畫作，總共有十一幅。

十張畫疊起來，出現的結果是——『好可惜！』

如果把第十一張疊上去，又會出現什麼結果呢？

『簡單的國中英文就能將謎題解開。不對，小學生就會了吧？內人，「女孩」的英文你知道怎麼唸嗎？』

……這問題太簡單了。『不就是girl嗎？』（日文發音為ga-ru。）

『發音不標準，不過你答對了。』創也說。

為什麼要問這麼簡單的問題？

創也繼續問我：『那幅畫裡只有一個女孩。「一個女孩」的英文怎麼唸？』

『a girl。』（日文發音為a ga-ru。）

我刻意注意我的發音。

『That's right！』創也說。『a girl——也就是「上升」。根據栗井榮太的設計，只要你往煙囪上爬，就會找到「咆哮口紅」。』（a girl的日文發音為與日文中『上升』的發音相同。）

『等一下！』我大喊。『你跳太快我跟不上。把一個少女的畫像解釋為「上升」，太牽強了吧？而且，為什麼是用英文？用其他國家的語言難道不行嗎？』
創也的表情顯得很意外。『耶？你沒注意到嗎？』
注意什麼？
『畫的尺寸啊！』
尺寸？Ａ５大小……
我知道了。Ａ５……e-go……英語……（日文數字5的發音為go，而英語的日文發音為e-go，恰好與Ａ５的發音相同。）啊啊……我的膝蓋瞬間感到無力。
創也看到我的狀況，忍不住笑起來。『這種無聊的謎題，正合我的口味。』
……果然，你跟栗井榮太很像。
創也伸手指向壁爐，胸有成竹地說：『我們已經知道「咆哮口紅」在哪裡，接下來只剩爬上煙囪，把它拿到手而已！』
創也推推我的背。
『你不會是要我爬吧？』
『我剛剛可是聽了你的話去泡澡喔！』
對於我的抱怨，創也心平氣和地反駁，但這根本不是理由。我也是乖乖的去沖澡啊！
『而且你的運動神經比我好。』
『……』

我只能嘆息。

——人啊！懂得適時放手是很重要的——想不到我會在這種情況下現學現賣。

『好啦！』

我的回答讓創也的臉上出現光彩。

『這一刻我真的要好好感謝神明，帶你來果然是正確的。』

與其感謝神明，倒不如誠心誠意跟我說一聲『謝謝』。

『快，去吧！』

創也連謝謝也沒說，還一直推我。

唉……

我把臉伸進壁爐，抬頭往煙囪看。

煙囪裡面很暗，這不用講大家都知道。煙囪是四方形，約有一公尺寬，雖然不算窄，但是這麼暗什麼也做不了。

看起來不太常用，但即使如此煤灰還是跑進我的口鼻裡了。

『創也，你有沒有帶手電筒？』

『怎麼可能？你到別人家過夜會刻意帶手電筒去嗎？』

被創也這麼一說，我才發現我也沒帶。

說這麼多，對事情一點幫助也沒有。

我從包包裡拿出小刀，然後拿了一根堆積在壁爐旁邊形狀像杵的木材，用小刀在木材上劃下許多刻痕。

『創也，你去廚房拿一瓶酒精濃度高的酒過來。』

『要多高呢？』

『邊抽菸邊喝就能引起火災的那種最好。』

『這個簡單。』

創也走出會客室。

跟爬煙囪比起來，其他工作都再簡單不過……

我用小刀在木材上削出一道道刻痕，再綑上膠帶當握把。最後淋上創也拿來的酒，再用火柴點火。

木柴著火，微弱的煙緩緩上升。這個簡易的火把，用到天亮都沒問題。

我把火把拿進煙囪照亮視線，發現壁爐裡竟然有個鐵製的樓梯。

『裡面有樓梯耶！』我向創也報告。

『太好了，這樣你更好爬。』創也一副事不關己地樣子說著。

果然還是我要爬……真拿他沒辦法。

我用嘴巴咬住火把，兩手並用地爬上樓梯。煤灰弄髒了我的衣服，但我仍然小心翼翼地往上爬。

煙囪的頂端有件雨衣蓋著，微弱的光線透過縫隙照進來。

當我爬到煙囪的一半時……

『咦？』

我發現在煙囪右邊的牆壁，有個地方很可疑。整個煙囪的牆壁是用磚砌成的，但就只有那裡是鐵板。

什麼東西？

我推一推鐵板，竟然動了？我趕緊用火把一照，原來是個洞穴。原來這是一個密道的入口。

這條橫向通道跟煙囪一樣，都是用耐火磚頭砌成的。雖然有點窄，不過人正好可以通過。

我蓋上鐵板，爬下樓梯。

『「咆哮口紅」到手了嗎？』

我沒有回答創也的問題，只是背上背包，在腰帶上繫上小刀跟膠帶，然後用我沾滿煤灰的雙手，往創也的臉頰一抹。

『這樣你就不用擔心會弄髒了，一起走吧！』

我推著創也的背，在他的白襯衫上留下兩個清晰的黑手印。

『我已經找到通往寶藏之路了。』

頭先進入壁爐的橫向通道，我們繼續匍匐前進。

我的腦中響起電影〈第三集中營〉的主題曲，覺得自己就像劇中的查理士·布朗遜。

創也跟在我身後。

『從這個高度看來，這裡應該是二樓天花板。』創也小聲地說。

我沒說話繼續前進。比起這裡的位置，我倒比較想知道這條密道會通往哪裡。

不久，我們總算到達通道的盡頭，但盡頭處的下方又另有一條縱向通道。

縱向通道跟煙囪一樣，都有一個鐵梯，而遙遠的下方，是個亮著燈的房間。

『創也，快過來看。』

在狹窄的通道中，我錯身跟創也交換位置。

『從這個高度看來，應該是地下一樓。』創也冷靜地說，打算爬下樓梯。

『等一下！』我阻止創也。然後我從包包裡拿出面紙揉成一團，點著火後往下丟。

掉落在房間地板上的面紙，短暫燃燒後消失不見。

『你在做什麼？』創也問。

『我在確認下面有沒有氧氣。我奶奶教過我，即使山中有洞穴，也不可以貿然進入。』

『……我剛說過，帶你來果然是對的。』創也說。

創也率先爬下樓梯，我跟在他後面。

爬了一段距離後，創也說：『不行……』

『為什麼？』

『就算我們到達地下室的天花板，距離地面還是太遠。』

『不能跳下去嗎？』

『我可不是拍動作片的明星。』

『好巧喔！我也不是。』

我們兩個人靠在一起發出一聲嘆息。

『創也你有沒有帶繩子來？』

『你是那種到外面過夜時，還會帶登山繩的人嗎？』

……沒有那種人。

我左手抓住樓梯，用右手把膠帶從腰帶上取下。

我一面撕開膠帶，一面搓揉膠帶，這樣子緊緊黏合的膠帶，就會變成一條奇形怪狀的繩子。

『這裡離地板有多高？』我問。

『約四百五十公分。』

那大概十公尺長的繩子就夠用。

我的手臂長度大約是五十公分。以我的手臂當基準，先做一條一公尺長的繩子，之後再延長十倍。一條做好後，用同樣的方法再做第二條，接著把兩條繩子搓成一條。如此一來，強度就夠了。

最後把做好的繩子的一端跟樓梯綁在一起，再用膠帶纏緊一點。

『完成了！』我把完成的繩子往下放。

『需要的時候，你什麼都辦得到呢！』創也模仿大雄的聲音說。『我口有點渴，那有沒有果汁可以喝啊？』

『……趁我還沒把你踹下去的時候，建議你最好先自己爬下去。』

大概是感覺到我的殺氣，創也聽話地抓著繩子。接著我也跟在創也後面，順著繩子下降。

十分單調乏味的房間。牆壁的一角立著一個摺梯，除此之外沒有任何家具，所以房間感覺起來很寬敞。

這個摺梯如果是放在樓梯的下方，那我就不用那麼辛苦地用膠帶做繩子了。

我們在房間中央發現一個黑色ＣＤ盒。

『賓果……？』我手指著ＣＤ盒問。

『應該是囉！』創也比出勝利的手勢。

我們兩個灰頭土臉地互相拍了拍彼此的肩膀。

『打開吧！』我們跪坐在ＣＤ盒前。

『創也……』我催促創也快點行動。

『好。』

創也雙手放在盒子上，結果……

『奇怪？』

創也停下動作。

『怎麼了？』

『……打不開。』

怎麼會？

我接過盒子，試著打開它。結果，不行……打不開。

『這會不會仿冒品，所以沒辦法打開？』我說。

創也搖頭。『不可能。如果是仿冒品的話，盒子很快就會被打開，裡面還會有一張紙條寫著「答錯了」或「好可惜」。打不開就證明這裡面裝的是真正的寶藏。』

『也許是個陷阱，等我們打開，搞不好裡面就有張「答錯了」的紙條。』

『……我看栗井榮太還不至於那麼可惡。』

『……』

那麼相信栗井榮太好嗎？

創也仔細觀察盒子。『好像鎖起來了。』

他雖然這麼說，可是盒子外面沒有鑰匙孔，只有一條裂縫。

『這條裂縫是什麼？』我問創也。
『恐怕要使用鑰匙卡。』
『鑰匙卡是什麼？』
『通常使用在飯店房間，背面貼上一張黑色磁條，用來開關房門。』
背面有黑色磁條……
我有點在意這句話。不過為什麼呢？
『好不容易來到這裡，難道只能放棄嗎？』創也不甘心地說。
我還在思索。
黑色磁條……黑色磁條……我拚命地想，終於讓我想到了。
栗井榮太的電腦在下水道爆炸時，我撿到一張寫著『邀請函』的卡片，現在還放在背包裡。
『創也，你用這個試試看。』我把卡片交給創也。
『這是……下水道那時候……』
我看著創也驚訝的神情點頭。
『你這傢伙……』
創也將卡片插進裂縫。
喀擦！隨著金屬互相摩擦的聲音響起，盒子也被打開了。
盒子裡有五張ＤＶＤ，每一片都寫上『咆哮口紅』的字樣。

『……創也！』我高舉雙手。

創也拿掉眼鏡。『成功了！』

我們興奮地擊掌。

我們打開藏寶箱。

『咆哮口紅』終於到手。

啊，好累喔！

不過一想到『咆哮口紅』已拿到手，我的心情就輕鬆許多，我也不管地上有沒有鋪地毯就直接往下躺。

嗯……？

我看了創也一眼，他毫無鬆懈下來的跡象，認真地盯著『咆哮口紅』。

『幹嘛啊？創也。寶藏都拿到手了，我們不是贏了嗎？』

『還沒結束。』

啥？創也說這是什麼意思？

『為什麼？我們都找到「咆哮口紅」了，難道還不算贏？』

創也搖了搖食指。『我們只不過是在栗井榮太的掌上玩遊戲罷了。雖說找到「咆哮口紅」，那也只不過是在栗井榮太的安排下贏得勝利，這樣還不能算是給他好看。』

『……』

『要逃脫栗井榮太的手掌心之後，才能說是勝利。』說完，創也突然往門的方向看。

『怎麼了？』

這時，創也示意我不要出聲。我也往門的方向看。

是怎樣？

此刻我才察覺到我疏忽一件事。奶奶如果在這裡，一定會狠狠地敲我的頭。（然後被罰不准吃飯……）

我疏忽掉牆邊靠著的摺梯。

栗井榮太要在地下室進出的話，他會如何使用摺梯？

假如現在他不在地下室——他就會利用摺梯爬上一樓，所以摺梯當然就會直接留在鐵梯下方。

要是他已經在地下室——由摺梯爬下之後，為了不讓別人進來，摺梯自然不會放在鐵梯下方。

我看著牆邊的摺梯。現在，摺梯會出現在牆邊那表示……

栗井榮太現在人在地下室！

『創也……』我把手放在創也肩上，創也則是一句話也不說。

門外好像有人……

我們躡手躡腳不發出任何聲音，但即使如此還是聽得到微弱的呼吸聲。

不知道門外是一個還是兩個人？

創也拿出口袋的小型螢幕，按下②號按鈕。只見粉紅色、紅色、綠色、黃色光點一閃一閃地亮著。

創也看著門口說：『我們要跳出栗井榮太的手掌心，站在對等的立場宣戰。』

說完，創也又轉身背對門口說：『內人，我們該回房間了。』

創也催促著我。

我隨即將摺梯搬到鐵梯下方，而『咆哮口紅』已經放在背包裡了。

我跟著創也爬上鐵梯。

回到房間，我們輪流沖澡。

終於……有種所有事都即將結束的感覺。

但是，事情究竟會如何發展，也無法預測。

我問創也有關於地下室那個神祕人的事，但他什麼也不說。

『今天晚上夠累人了，熬夜對皮膚不好喔！』創也打個哈欠後，迅速躺在床上。

我還有滿腹疑問，不過也沒辦法。

還是靠自己的力量找出答案吧！想到這裡，我也躺平了。

我對這次事件的感覺就好比在夢中，不管多努力向前跑，還是一直停在原地無法前進……

他的目的究竟是什麼？越想我就越糊塗。

到底要怎麼做，才能給栗井榮太一點顏色瞧瞧？

創也知道的事，我一件都不知道。

不斷思考後我得到的結論是：就算我想破頭，我還是不懂。

『明天早上再問創也好了。』

床上傳來規律的呼吸聲。

嗯，交給那傢伙準沒錯。

這麼一想，我的心情輕鬆許多。

四周靜得沒有一點聲音，眼皮不禁沉重起來。

終於我也沉沉睡去。

Act5 攻防、結束

當我再次睜開雙眼時，已經太陽曬屁股了。

我睡得還真熟……

『咆哮口紅』到手後，我整個人都變得懶洋洋的。

『現在幾點？』

創也早就起床，但不知道在忙什麼。

『已經十點多了。趕快洗把臉，打起精神來。』

創也感覺異常興奮。

已經十點多，那表示距離遊戲結束還不到兩小時……

『創也，你在忙什麼啊？』

『我在搞一些惡作劇的裝置。』創也扳弄著火柴，看來十分開心。

『大家好像都到餐廳去了，你也去吧！』

創也將小型螢幕拿給我看，有四個光點都聚集在餐廳。

『創也，那你呢？』

創也露出有些邪惡的笑容。『我等一下就過去。』

然後他把『咆哮口紅』交給我。

『等一下你把這個拿給大家看，直接丟在桌上也可以，或是放在他們容易拿到手的地方。』

創也這番話讓我很驚訝。

『這樣好嗎？距離遊戲結束還有一段時間，搞不好會被搶走耶！』

『無所謂，就讓他們拿去。』創也平靜地說。

『真的沒關係嗎？』

創也點點頭。

『……』

我不知道栗井榮太在想什麼。

同樣的，我也不懂創也在想什麼。

『今天早上起得很晚喔！』

我一到餐廳，神宮寺立刻跟我說話。

『嗯，是啊……』我含糊地說，趕緊找個位子坐下。

我的對面是麗亞，百般無聊地抓零食吃。『一直待在房間好無聊喔……』

朱利爾則和平常一樣，眼神沒有離開過他的筆電。

整個餐廳就像醫院的等候區一樣。

大家好像都在等待著什麼，但是到底在等什麼，我也不知道。

柳川走出廚房，問我：『內藤，你的吐司要不要烤？』

『啊，我自己來就好了。』

我站起來，這才想起有件事遠比烤吐司重要得多──創也要我把『咆哮口紅』拿出來給大家看。

『嗯……老實說，昨天晚上我們就找到「咆哮口紅」了。』我一邊說，一邊把『咆哮口紅』的五片DVD放在桌上。

這時，大家的反應……

嗯？不太對喔！

『咆哮口紅』就在眼前，大家應該要很驚訝才對，但事實上卻不是如此。不對，雖然驚訝，但困惑的成分居多。

『這個……』神宮寺搔搔頭說。『……你不先把它收起來嗎？我和麗亞已經喪失參賽資格，可是你沒想過，萬一被柳川或朱利爾搶走怎麼辦？』

被點名的柳川跟朱利爾，沉默地望著『咆哮口紅』，絲毫沒有要搶的意思。

『我也是這樣想，不過創也卻說：「被拿走也沒關係」……』

創也在想什麼，我真的不懂。

此時，啪啪啪啪啪乒！二樓突然傳來猛烈的爆炸聲。

怎麼回事？

餐廳裡的所有人全部站起來，跑上二樓。

爆炸聲仍未停歇，而且是從我和創也的房間傳來的。

『創也！』

我打開門，看起來就像在房間放鞭炮——沒錯，房間裡真的在放鞭炮。

『哇哇哇哇哇……』

花炮在空中畫了一個圓，鞭炮在地上跳舞。鞭炮的碎片四處亂飛，嚇得我趕快關上門。

等到聲音停止，我才悄悄開門。房間裡充滿火藥味，煙霧瀰漫。

『創也，你沒事吧？』

創也沒回答。

放在地上的菸灰缸，裡面殘留著黑色的灰燼，看樣子是火柴灰。地毯上有條灰線，從菸灰缸延伸出來，應該是導火線的痕跡。

我懂了，這是個簡單的定時點火裝置。

把火柴夾在點著火的蚊香之間，蚊香約五分鐘燃燒一公分，這已算是能夠準確拿捏時間的定時點火裝置。

但是創也為什麼要弄個定時點火裝置呢？

我想了又想，在房間裡到處看看。

……創也人呢？

朱利爾拿出小型螢幕。藍色的光點在這個房間的位置發亮，卻不見創也人影。

『喂，創也！』

浴室、廁所、床底下、衣櫥——能找的地方我都找過了，就是沒看到創也。

我隨手翻開枕頭。枕頭下竟然出現那只ＧＰＳ功能的手錶。螢幕上閃著『０１：２７』。

『創也……』

創也留下手錶，到底跑到哪裡去了？再說，他是怎麼把手錶拆下來的？

大家都一頭霧水，只好回到餐廳。

結果……

『嗨。』

創也在餐廳裡，桌上擺著所有人分的茶杯。

『到午餐之前還有一些時間。不嫌棄的話，我已經泡好紅茶，大家喘口氣吧！』

創也端起眼前的杯子。

每個人都坐在自己的座位上。

『你是怎樣拆掉手錶的？』神宮寺問。

『關於這點，請容我稍後再做解釋。』創也拿起桌上『咆哮口紅』的ＤＶＤ。

『我想先請各位回答我的問題。剛才大家離開餐廳時，「咆哮口紅」被遺忘在桌上。你們不覺得奇怪嗎？寶藏就在眼前，為什麼沒有人要拿？』

沒有人回答。

創也繼續說下去。『我也想過，該不會我手中的「咆哮口紅」是仿冒品吧？但這是不可能的，栗井榮太不是那種小氣到拿仿冒品來當作遊戲寶藏的電玩創作者，對嗎？』

彷彿要確認什麼事，創也看了神宮寺、麗亞、柳川和朱利爾一眼。

『創也，你是在問誰啊？這種問題如果不直接問栗井榮太本人，根本就白搭嘛！』我說。

創也搖了搖食指。『所以，我現在不是在問本人嗎？』

啥？

看我一臉疑惑，創也說：『栗井榮太本人，就是我們眼前的神宮寺、麗亞、柳川和朱利爾。』

是怎樣……

不好意思，我還是聽不太懂。

栗井榮太就是眼前這些人？

『是啊！我已經說了。』

創也看著我，臉上的表情彷彿在說：你給我鎮定一點。

『栗井榮太不是一個人的名字啊？』

針對我的疑問，創也點點頭說：『沒錯。你把「栗井榮太」想成一個電玩創作集團的名稱就好了。』

也對，之前創也在下水道時有說過，現今的電腦遊戲非常複雜，一個人是無法獨力完成的。
這樣一想，我就能夠理解，栗井榮太不是一個人，而是一個集團的名稱。
而且像『栗井榮太』這樣普通的名字，當作一個集團的名稱，還說得過去。
可是……
我一直在等待餐廳裡某個人會突然說出一句：『栗井榮太是電玩創作集團的名稱？不要耍白癡了。』可是，首先開口的神宮寺，他說出口的話卻不是我所預期的。
『啊……被發現了啦……』神宮寺說完還伴隨著一聲嘆息。
『過度緊張造成精神疲勞，也是不得已的事情。』麗亞說。
『恭喜你！』朱利爾伸出右手。
柳川什麼也沒說，只是豎起大拇指。
什麼嘛！只有我一個人沒有進入狀況，感覺上自己被排擠了。
說真的，我搞不清楚的事情太多了。
第一件事，進入會客室之後，神宮寺他們不是用電視電話來跟栗井榮太對話的嗎？
『那並不是電視電話。那是以錄影機事先錄下來的影像檔，重播一次而已。』創也說。
可是，那樣的話，不就更奇怪？
我向創也提出我的疑問。『不可能。跟影像檔裡的人對話，那是不可能的事。』
『很簡單。只要寫好劇本，時間配合好就行了。』

我閉上眼回想在會客室的那一幕。

那時候，麗亞和柳川手上都握著紙張，神宮寺則捧著攻略本，而朱利爾的眼睛也沒離開過電腦螢幕。

莫非，他們手上的東西，其實是劇本？

我又想到另一個疑點。

當時屏風後面的栗井榮太說：『感謝你們五位接受我的邀請。』但是，現場明明有六個人。我還以為是自己愛湊熱鬧，所以沒有算我一個。原來不是這樣，因為是事先預錄的，所以根本不知道總共會有六個人。

再加上創也問問題時，栗井榮太也沒有回答。如果是事先預錄的影像檔，那我就懂了。

『栗井榮太說過，他就在建築物中的某一角。其實他並沒有躲在哪裡，而是一直都在我們眼前。』創也說。

『那，後來我們在樹林裡看到的邪魔是……？』我問。

『我想那個人就是拆掉手錶的柳川，我猜對了嗎？』

創也看著柳川。柳川點點頭。

『等等！我想知道那只手錶怎麼拆下來？』

『簡單。只要浸在水裡一段時間。』

『……然後呢？』

『沒有然後。錶帶的一部分是草繩編織成的，泡水之後，草繩自然會伸長。』

『……』

簡單到我說不出話來。

『昨晚我和你說完頭髮的故事之後，不就去泡澡了嗎？結果錶帶竟然鬆開了，直到那時候我才想起來，有些種類的植物一碰到水，長度會改變。沖繩特產的一種用植物編成的手鍊，就得先泡過水伸長之後才戴得上去。當然不是只有會伸長的植物，比如像龍舌蘭，一碰到水就會收縮。』

接著創也問我：『你記不記得為什麼那時候你要我泡澡，而不是沖澡？』

『嗯……』我開始回想：『因為麗亞說：「全身浸在熱水裡，可以消除疲勞、恢復精神喔！」』

『沒錯。換句話說，麗亞小姐是在暗示我們如何拆下手錶。』創也朝著麗亞的方向輕輕點頭。

麗亞沉著地一笑。

『不只麗亞，朱利爾也給過我們提示，就是暗示「咆哮口紅」所在地的畫。為什麼我們會注意到那些畫呢？』

『嗯……』我再一次打開記憶的抽屜。『……因為我們從門外進來時，剛好遇見朱利爾在看那些畫。』我說。

創也對我比個勝利的手勢。『懂了嗎？內人。栗井榮太果然親切，還給我們提示呢！』創也帶著諷刺的口吻說。『而且，大家都按照尋寶遊戲的劇本行動，但真正的玩家，只有我和你而已。』

說完，創也站了起來。『那麼，我就來一一說明事情的經過。』

『我們在樹林中遇到的邪魔是柳川，剛剛說過了。』

我立刻舉手打斷創也的話。『我有問題！為什麼你那麼肯定就是柳川？』

『因為柳川這幾天負責在廚房準備食物。手錶的錶帶要伸長必須浸在水中一段時間，如果白天洗澡就太過明顯，不過要是在廚房準備飯菜，就能自然地拆下手錶。』

我緩緩把手放下。

創也繼續說：『在這之後，邪魔襲擊麗亞。』

機會來了！我又舉起手發問。『問題就在這裡！當時不管是神宮寺、柳川或朱利爾，大家都沒有時間去襲擊麗亞。』

『你都知道栗井榮太的真面目了，還說這種話？』創也無奈地聳肩。『一步一步想啊！內人。』

聽到這句話，我還以為我在上數學課，感覺有點不舒服，差點就過敏了。

『那麼短的時間內是無法弄亂房間的，但如果是事前做好的呢？』

啥？

『晚餐前，我們去叫麗亞小姐時，她就已經把房間弄亂了。』

『……』

『之後，柳川到麗亞小姐的房間塞住她的嘴巴，又將她雙手反綁，接著立刻回到餐廳。所以，當我們看到亂七八糟的房間時，我們自然會認為柳川沒有多餘的時間弄亂房間，所以邪魔另有其人。』

……是，您說得沒錯。

一旦說開來，事情根本沒有想像中複雜。

『神宮寺被襲擊的事，那更簡單了，完全是自導自演的吧？』創也看著神宮寺說。

神宮寺點頭承認。

『只要看柳川煮的飯菜就能知道，其實他們早就互相認識。』

創也看著柳川問：『前天晚上你替麗亞煎牛排，你什麼時候知道麗亞不吃魚？而你又是何時得知朱利爾不能吃辣？』

這時，柳川笑一笑。『只要東西不合胃口，這兩個人的反應可恐怖了。』

這句話讓麗亞和朱利爾十分不滿。

神宮寺蹺起二郎腿說：『如同你所說，栗井榮太是我們全員的名稱。有關於栗井榮太，就讓我來詳加說明？』

『麻煩你了。』創也坐在位子上說。

『如果你也是立志成為電玩創作者的人，那麼你應該知道，現在的遊戲要集合許多人的力量才能完成吧？』

創也點點頭。

『但是我們——不，是我很不滿。的確，集合多人的才能所創作出的遊戲非常有意思，但這樣一來，毫無獨創性的電玩就越來越多。還有，像你這樣想靠自己的力量完成一個遊戲的人已經越來越少了，所以我想通了，我想創作出一個遊戲，既能夠傳達創作者的巧思，又能給予玩遊戲的孩子創作的靈感和動力。』

『……』

『簡單來說，我對於現今的電玩業，已經厭倦了。』

『我可以理解，對於現今已經飽和的電玩市場，的確需要一匹黑馬。可是，你現在不也是個遊戲集團——「栗井榮太」的成員嗎？這不就互相矛盾了？』

創也問。

神宮寺搖頭。『我們四個人集合起來才是栗井榮太，少了哪一個，栗井榮太就不存在。』

神宮寺說的話，我能夠理解。

不過，對至今仍是獨行俠的創也來說，恐怕是天方夜譚。

這時，創也冷不防地看我一眼。

幹嘛看我？

創也又將視線移到神宮寺身上說：『我了解了。你們每個人所擁有的才能，加起來就是栗井榮太。』

神宮寺點頭，接著開始一一介紹成員。

『麗亞——平常我們都叫她「公主」——她負責編寫遊戲劇本。』

『這次尋寶遊戲的劇本也是我寫的，但是大家的演技爛得可以，劇本根本發揮不了作用。』

對於麗亞的抱怨，神宮寺只能在一旁苦笑。

『順帶一提，「公主」這個暱稱，是從星際大戰中的莉亞公主來的。』麗亞說完還對我們拋了個媚眼。

她的耳朵顯然聽不見神宮寺小聲地在一旁說：『錯！因為她很任性，所以才叫她「公主」……』

『柳川——willow，雖然看不出來，但他可是美術大學的學生，電腦繪圖全都交給他。另外，因為他的運動神經很好，所以故事情節也是他在想。』

『為什麼要稱柳川為willow？』創也問。

『柳的英文就是willow。』

不顧神宮寺的說明，柳川自顧自地說：『不是啦！是因為我喜歡吃名古屋的「外郎」啦！』

（名古屋一種糯米粉加黑糖去蒸的甜點，音同『willow』。）

……

『之前送邀請函到你們那裡的郵差，就是willow的變裝。』

被神宮寺一說，我想起來了。

卓也還曾經說過那郵差比他還強，可是，眼前的柳川看不出來哪裡強……

我直接地問。『柳川，你很強嗎？』

柳川笑一笑，一口氣喝光面前的紅茶，然後用手指輕彈茶杯。

結果……『鏘』的一聲，茶杯破成兩半。

……我完全了解了。

『朱利爾負責程式設計。所有數位處理都是他負責，包括製造電腦病毒、使用電視台機器做馬賽克的處理，都是他的工作。』

『那日本電視台出現的金髮女孩……』

『是朱利爾的變裝。』

『你在說什麼？神宮寺。我又不像茱莉葉，我不會說大阪腔。』朱利爾從筆記型電腦中抬起頭來。

『啊，也對……』

神宮寺溫和地笑一笑，然後小聲地跟我和創也說：『他只要一穿上女裝，整個性格都會改變。』

『茱莉葉是誰？』創也問。

『他的另一個人格。朱利爾說，茱莉葉是他的雙胞胎妹妹，出生後馬上被迫分開。在大阪長大的茱莉葉，說著一口道地的大阪腔。』

『……』

我又無言了……

麗亞、柳川、朱利爾——每個人看來都有自己的特色。

我問：『神宮寺，那你負責什麼？』

『主要是音樂。還有公關活動、買賣、祕密基地的製作等，其實就是打雜。』

也就是統整栗井榮太的人。

『這裡是去年才買下來的，但因為我們還要蓋地下室、裝防盜設施等等，花的錢幾乎可以買一棟全新的房子了。』

『遊戲是在地下室完成的嗎？』創也問。

『是啊！你們找到「咆哮口紅」的房間，門一打開會通往我們的工作室，可以說是栗井榮太的總部。』

這時，神宮寺嘴角上揚的那個詭笑，看到的人應該都不由得顫慄。

『還好你們夠聰明。如果進入那扇門的話，我就不敢擔保你們的生命安全。想進那個房間的話，要有闖入「寇理爾宅邸」的覺悟。』

『寇理爾宅邸是什麼？』我問創也。

『美國一棟充滿陷阱的屋子。因為陷阱太多，所以沒有人能進去。』

『硬要闖入呢？』

『頂多小命不保。』創也輕鬆地說。

聽創也一說，我不禁冷汗直流。

神宮寺繼續說：『如果不懂判斷情況，還橫衝直撞地追蹤栗井榮太的真面目，那種蠢蛋原本就活該找死。』神宮寺輕描淡寫地說。

我想起創也說的，栗井榮太邀請追蹤他的人，集合起來一次處理掉。想不到他還真的說中了一部分。

神宮寺用開朗的語氣說：『你們竟然能發現栗井榮太的真面目，我……不是，我們栗井榮太這下不得不承認失敗了。』

太棒啦！我在心裡吶喊。

『那麼，我想請各位說一句話，證明你們是真心地承認失敗。』創也看了所有人一眼。

『要說什麼？』朱利爾問。

『我投降。』

『……』大家都愣在原地。

『我，身為一個作家，不想說那種話。』麗亞說。

柳川不發一語。可是，他好像在憋笑。

最後大家似乎覺悟了，齊聲向我們說道：『我投降。』

『好啦！』神宮寺把桌上的『咆哮口紅』推到創也面前。『恭喜你，這是你的了。』

『……』

創也拿起『咆哮口紅』，此時，牆上的壁鐘宣告中午十二點。

凝視『咆哮口紅』一段時間後，創也又將它推還神宮寺。『還給你。』

創也用嚴厲的眼神盯著神宮寺他們，這是我第一次見到他這麼可怕的表情。

『你們以為給我們「咆哮口紅」，就是一種成熟的表現嗎？』

『……』

『不要太小看我們。』創也說。

嗯，創也說的話讓我倍感窩心。他說『我們』——指的是我和創也。

『而且「咆哮口紅」對我們來說，一點也不稀罕，我還是把它還給你。』

『我不懂……』神宮寺兩手在胸前交叉。『這不是仿冒品，而是真正的「咆哮口紅」。無論哪裡的電玩公司都想出高價買下，你竟然不想要？我搞不懂你在想什麼。』

『我了解栗井榮太想放棄「咆哮口紅」的心情。』創也說。

『栗井榮太對於自己所創作的「咆哮口紅」毫無感情可言。怎麼說呢？因為他們感到電視遊戲或電腦遊戲都已到達極限。我沒說錯吧？』

『為什麼你會這麼想？』神宮寺低聲地問。

『因為我也這麼覺得。』創也說。

時間緩緩流逝，鐘擺滴答的聲響在餐廳裡迴盪。

突然，創也開口說：『內人可不是普通的國中生喔！』創也看著我。

太突然了，害我不知道該說些什麼才好。

『我不知道他爸媽是怎麼教他的，不過再危急的狀況他都能化險為夷，堪稱史上最強的國中生。和他相處之後，就算我多不情願，還是會被捲入危險的冒險之中。』

喂！等一下！被捲入的人是我才對！

『不過，我喜歡冒險。電腦遊戲也很有趣，可是跟內人一起冒險更有趣。』創也環顧四周。

『最近我突然有個想法，我想創作一個能完整傳達我心情的遊戲。』麗亞接著開口了，『R・RPG……』（Real Role Play Game，真人版角色扮演遊戲。）

這句話引起神宮寺極大的反應。『公主！妳說漏嘴了！』

『有什麼關係？』麗亞從手提包中拿出一塊蜂蜜蛋糕往嘴裡送。『這小孩的想法跟我們相同。說真的，我還真希望他加入我們的行列。不過，你應該不想吧？』說最後一句話時，麗亞看著創也。

創也誠實地點頭。

『我喜歡這小孩，所以我想把我們今後的計畫告訴他。有意見嗎？』

神宮寺閉上眼睛搖頭。他臉上的表情，像是在說——敗給妳了！

『真人版角色扮演遊戲跟電腦遊戲不一樣，它是以現實世界作為遊戲舞台的角色扮演遊戲。比方說，使用GPS玩捉迷藏，又比方說……』

『尋寶遊戲，與妨礙行動的邪魔對戰。』創也搶先說出麗亞未說出口的話。

『答對了！你應該有注意到，這次的尋寶遊戲就是真人版角色扮演遊戲的一種。玩得開心嗎？』

原來我和創也是栗井榮太遊戲中的主角。

『嗯！很開心，可是參加者的演技稍嫌不足。角色扮演遊戲最有趣的地方在於，參加者如何扮演好自己的角色，但這次神宮寺他們沒有扮演好積極想要找到寶藏的角色。』創也不客氣地批評。

『說得好。』麗亞笑著說。

『不過，栗井榮太會以這次遊戲為參考，創作出更完美的真人版角色扮演遊戲。你呢？』麗亞問創也。

短暫思考後創也回答。『我認為栗井榮太是創作出「第五大電玩」的電玩創作者，而「第六大電玩」肯定是我所創作的。但是，我現在不這麼想了。』

他在說啥？

『你在說什麼？創也！這麼輕易就放棄夢想了？雖然我覺得龍王創也既冷血、人緣又差，是個標準的冷血電玩宅男，但我沒想到你這麼容易就放棄夢想！我看走眼了！』

創也伸出手指靠在我的嘴上，我只好閉嘴。

『雖然沒什麼大不了，不過你用了兩次「冷血」。』創也表情很困擾，嘆了一口氣繼續說。

『我並沒有說要放棄夢想，聽我把話講完。』

嗯，這……所以你的意思是？

創也看著神宮寺、麗亞、柳川和朱利爾，勇敢地笑一笑。『創作出「第五大電玩」的人，不是栗井榮太，而是我——龍王創也！』

『……這孩子真是可愛。』麗亞說。『朱利爾你也多學學他嘛！』

『我不是那種明明辦不到還愛亂講的笨蛋。』朱利爾立刻回嘴。

『朱利爾說得沒錯。』神宮寺的雙眼發出銳利的光芒。

『創作出「第五大電玩」的是栗井榮太，這不是假設也不是預測，所有的資料都顯示出，這會是確切的事實。』神宮寺斷言。我感覺到他語氣中的魄力。

傳說中的電玩創作者，也是『第五大電玩』的創作者——栗井榮太，他的自信與魄力，著實震撼了我。

不過創也仍是一派輕鬆。『那就讓我來說說栗井榮太所不知道的資訊。』

『有這種東西？』神宮寺問。

創也點點頭，然後指著自己的胸膛說：『就是我——龍王創也。』然後又指著我。『還有龍王創也的伙伴——內藤內人。』

啥？我？

『當你把這些資料輸入後，你還敢說栗井榮太打造出「第五大電玩」會是一個確切的事實嗎？』

『……』

『就以這個城市為舞台，我和內人一定會創作出比栗井榮太更優秀的真人版角色扮演遊戲。』

說完，創也朝栗井榮太比出手槍的姿勢。

『太輕敵的話，會帶來意想不到的後果喔！』

說得好，創也！我在心裡暗暗為創也拍手。

正式宣戰，讓對手知道我們不好惹，然後……然後我們會成就一番大事業。

『我們也該告辭了。託你們的福，讓我們有個愉快的三天連假。』創也點頭道謝，我也跟著他道謝。

回房間收拾好行李，神宮寺他們都等在玄關要送我們。

『剛剛我們討論過了……』神宮寺面對創也伸出右手。『栗井榮太決定正式把你當作對手。』

『謝謝。』創也和神宮寺互相握手。

不過雖說是當作對手，現在的我們也只是站在起跑點上，而成績相當亮眼的栗井榮太，卻在遙遠的前方。

無所謂。這不是短跑競賽，抵達終點前，只有盡全力向前跑。雖然是很嚴厲的比賽，但只要不被打垮，還是有機會獲勝。

『雖然還不知道誰會先完成「第五大電玩」，等分出勝負之後……』神宮寺眨眨眼說。『到時

候我們再來討論「不可能的任務」。』
『好。』創也用力點頭。『那麼我們先走了。』
我們打開玄關門，外面正下著傾盆大雨。
『哎呀，下雨了耶！』麗亞開心地說。
『嗯……可以借……』
但，神宮寺打斷我的話。
『問題來了。栗井榮太是那種會借對手雨傘的好人嗎？請回答「Yes」或「No」。』
『Yes……』創也說。
『答錯了！』
神宮寺他們大喊。『再見！拜拜！』說完，栗井榮太就把門給關了。
太無情了吧……
大雨自顧自地傾盆而下。
『怎麼辦，創也？』
『內人，你能不能想個辦法？』
『沒辦法。一淋雨全身都會濕答答，這是再自然不過的道理。』
『……』
『……』

『只好在雨中漫步囉！』

我們走在雨中。

雨打在我們身上，不到十秒鐘，我們全身都濕透了。

往來的行人都撐著傘。這是當然的。

『……你可不可以打個電話請人來接我們回去？』我說。豆大的雨滴不停從髮梢滴落。

『你覺得會是誰來接我們？』

被創也一說，我冷靜地思考。

腦中浮現卓也的臉，我甩甩頭拋開這個想法。

髮梢的雨滴四處飛散。

『這樣你知道了吧？即使我有帶手機，也不能輕易開機。』

創也拿出神宮寺歸還的手機，但他的臉色一瞬間變得蒼白。

『怎麼了？』

『手機……竟然開機了……』

創也看著我的臉，但我的臉色也好不到哪去。

『手機開機，那表示……』

『卓也知道我們在哪……』

我們互看一眼，耳邊傳來低沉的引擎聲。

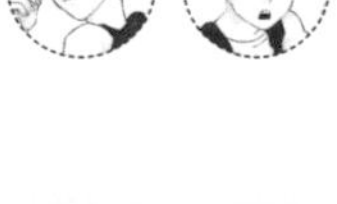

這種獨特的引擎聲，是七四年款道奇・摩納哥……就是卓也開的黑色休旅車。

引擎聲越來越逼近。

『快逃！』創也大喊。

不用說我也知道要逃。

大雨狠狠地打在我們身上，但還是要拚命地跑。我們迅速穿過行人的傘下。

雨很冷，背後的引擎聲更冷。

可是……可是，很不可思議的是，我們的心情並不壞。

『……哈哈哈！』

不知道為什麼，我跟創也自然地笑出來。

創也也拚命地跑，臉上卻帶著微笑。

『……哈哈哈！』

我和創也忍不住大聲笑出來。

『哈哈哈！』

我們在雨中邊笑邊跑回城堡。

ENDING

『放馬過來！』達夫手拿著中音直笛說。

『嘿嘿……讓你嚐嚐新魔球的厲害。』我擺出昨天漫畫上學到的投球姿勢，右手拿著球，右腳高高舉起，蓄勢待發。

隨著上半身的轉動，我把右手的球拋進左手！新魔球危險的地方在於，拋球動作一旦失敗，腰就會扭到。

左手緊抓住球。

『去吧！』我把球丟出去。

漫畫裡，球的行徑路線有相當大的變化，不過還是好球……

啪！投出去的球正中達夫的臉。

不用看也知道外野手的創也，又在嘆氣了。

『內人，你認真一點啦！』

從電玩聖殿回來之後，創也整個人開朗許多。

什麼？你問我有沒有被卓也追到？

關於這一點我只能說，我們頭上腫了一大塊三天才消腫的包。

創也不是那種瞎忙一通的人，他總是冷靜又有效率，就像高速回轉的引擎一樣。不過他現在卻像喝醉酒一樣，和大夥兒嬉戲喧鬧的時候變多了。

正當我覺得他怎麼可以這麼high的時候，他又像酒醒了一樣，閉上眼睛沉思。

他到底在想什麼……

大概是跟電玩有關的事情。

聽了栗井榮太的話，創也整個人都變了。

什麼樣的遊戲才叫作有趣呢？

為了創作出真人版角色冒險遊戲，哪些條件是必要的呢？

創也想打造的，又是什麼樣的遊戲呢？

聽完栗井榮太的話，創也是不是更有想法了呢？

我決定到城堡問創也看看。

『創也，你在想什麼？』

創也閉上眼睛坐在椅子上。雖然一動也不動，可是他的腦中一定在思考許多事情。

創也睜開一隻眼睛回答我的問題。『我在想，你寫在稿紙上的那些東西。關於描寫我的部分，我總覺得帶有敵意。』

最好是啦……

我把水裝進水壺。

『我寫的是，你是個對紅茶很講究的天才國中生耶！』我說。

『騙人！』創也說。

這次，他沒有睜開眼睛。

說真的，和創也在一起，會讓我感到特別興奮。
現在雖然閉著眼睛思考，但一旦有了想法，創也會立刻站起來，硬拉著我加入下一場冒險。
而目前我所能做的……就是先泡一杯熱呼呼的紅茶吧！
我將水壺放上可攜式瓦斯爐……

資料要不要保存？ ↓ Yes　　No

資料保存完畢

後記

大家好，我是勇嶺薰。

讓大家久等了，《都市冒險王2》總算是完成了。

小標題『爆走！電玩聖殿』——我想大家讀了之後都會明白，創也和內人在本書中很常跑步。

一過四十歲我就覺得已經開始跑不動了，而小朋友卻能夠自由伸展四肢，全身上下都充滿精力。就算沒有非運動不可的理由，也會很自然地活動身體。

對！孩子跑步的姿態還是最動人的。所以，本書中的創也和內人常常會出現跑步的情節，這對於書呆子型的創也來說，相當不容易。

本來，這本書共分成三個部分，但是當我寫完之後我才想到：『糟糕！棒球之音樂教室版沒寫到！不寫的話冒險就無法結束！』所以我才加上〈帶我到音樂教室吧〉這一篇。

精力過盛的國中時代，只要一有空間可以玩，大家就開始蠢蠢欲動。『棒球之音樂教室版』就是在這種情況下產生的。（還有用墊板玩桌球等等。）

無論戰況多麼熱烈，大家還是會繃緊神經，仔細聽老師的腳步聲。

但是，因為加寫了〈帶我到音樂教室吧〉這一篇，原稿最後變成四百八十張。最初，我是預定寫三百五十張的，結果多了一百三十張……因此，有一篇內人為了約幅越美晴出來，而花了不少工夫的『S計畫』，我只好忍痛刪掉。（男生邀請女生——還有什麼比這更有趣的冒險？）

最後是感言與致歉——首先感謝各位讀者對創也和內人的喜愛。因為你們的支持，才有《都市冒險王2》一書的出版。

（好像每次後記都有寫到……）這一次也無法在期限內交稿，講談社的小松先生、水町先生，以及阿部薰經理，我真的對你們感到非常抱歉。

原稿一遲交，畫插圖的時間也相對減少，可是西炯子老師還是為我的書畫出如此棒的插圖，真的很感謝老師！

總是提供我不同意見的中村店長，還有讓我能安心寫稿的老婆、琢人及彩人，這段時間承蒙你們的照顧了。

謝謝大家！

那我們在下一個故事再會囉！（下一本書的原稿預定超過一百三十張！）

祝大家身體健康。

Good Night, And Have A Nice Dream.

國家圖書館出版品預行編目資料

都市冒險王/勇嶺薰著;西炯子圖;李慧珍譯. -- 初版. -- 臺北市：皇冠, 2008.08 冊；公分. --
(皇冠叢書;第3760種- YA！；003-)
譯自：都会のトム&ソーヤ①-
ISBN 978-957-33-2441-6 (第1冊；平裝)--
ISBN 978-957-33-2485-0 (第2冊；平裝)

861.57　　97011743

皇冠叢書第3793種

YA！009

都市冒險王②

都会のトム&ソーヤ ②

作　　者—勇嶺薰
插　　畫—西炯子
譯　　者—李慧珍
發 行 人—平雲
出版發行—皇冠文化出版有限公司
台北市敦化北路120巷50號
電話◎02-27168888
郵撥帳號◎15261516號
皇冠出版社(香港)有限公司
香港灣仔駱克道93-107號利臨大廈1樓
電話◎2529-1778　傳真◎2527-0904
出版統籌—盧春旭
責任編輯—張懿祥
版權負責—莊靜君
外文編輯—蔡君平
美術設計—李家宜
行銷企劃—何曉真
印　　務—林莉莉
校　　對—劉素芬・邱薇靜・張懿祥
著作完成日期—2004年
初版一刷日期—2008年11月

法律顧問—王惠光律師

讀者服務傳真專線◎02-27150507
電腦編號◎515009
ISBN◎978-957-33-2485-0
Printed in Taiwan
本書特價◎新台幣199元/港幣67元